名花巧种丛书

菊花

张源能　编著

福建科学技术出版社

醉色秋容 叠球型,泥金色,舌状花多轮内扣呈球状,颜色较暗淡。

圣滨菊 舌状花多轮平展,外瓣长,中内轮渐短,形如圆盘。

墨牡丹　叠球型,外粉内紫,外轮平伸,内轮回抱。

光辉　叠球型,亮黄色,花瓣整齐有序,花大且丰满,乃秋菊名种。

将红袍 叠球型，平瓣，花瓣背面泥金色，内面紫红色。

西施鬓 芍药型，初时可见粉白两色，平瓣多轮，外轮直伸，内轮略抱。

● 平瓣类 ●

紫金盘 宽带型,深紫色,宽瓣两轮,向内扣卷,盘状花明显外露。

黄东亚 舌状花多轮平展,外轮瓣长,中内轮较短,形如圆盘。

红梅阁　叠球型,浅紫色,舌瓣紧扣,后期隆起呈大球状。

秋橘晚红　叠球型,橘红色,宽平瓣叠抱成球,瓣背面浅橘色,内面红色。

桃柳春意 平盘型,粉绿色,舌状花狭长直展,外轮长而内轮渐短,晚花,初放时粉绿色,中后期为黄粉绿色。

石连吐火 叠球型,黄红色,舌状花背面浅泥金色,正面淡红色,盛开时呈扁球形。

天河洗马　叠球型,白色,外轮有少量管瓣和匙瓣,飘然下垂,内轮平瓣向里紧扣呈半球状。

金背大红　花正面大红色,背面金黄色。盆栽名种。

惊艳　叠球型,紫色,平瓣,较宽,外轮略下垂,内轮扣抱成球。

● 管 瓣 类 ●

灰鹤展翅　管球形,灰粉色,中直管,外灰粉,内浅红,中晚期开花。

迎风掸尘　疏管型,棕黄色,中管旋扭,管骨透红色,略有钩。

孔雀东南飞　钩环型,红黄色,细管,外轮伸展,内轮上抱,皆具钩环。

绿朝云　管盘型,绿色,细管平展略有钩,内轮回抱,绿色稍淡。

● 管 瓣 类 ●

金钩万卷 大花，花瓣飞舞抱合，顶端卷曲流畅，鲜黄色，心部藏有淡绿色花心。

风裳水珮 疏管型，浅粉绿色，中直管多轮，内轮略具小钩，初开时娇绿透明，中期淡绿，外轮泛粉。

试浓妆 钩环型，朱砂色，中管，大钩环，初期色浓艳，茎紫色，花期较早，后期色衰。

淡妆娇人 引进品种,浅粉色,中管瓣,大花。盛开时钩环弯曲飘垂,形同美丽的发卷。

飞珠散霞 贯珠型,深粉色,细管扣珠,外轮四射,略下垂,内轮合抱。

灰鹤 瓣背面紫红色，内面灰红色，舌状花中管有钩，平直伸展。

太真含笑 莲座型，艳粉色，外轮略平展，内轮扣抱，开花时稍偏向一侧，姿色可人。花期较早，且耐久。

早小菊 花色众多,内外轮色彩多存在较大反差,花小,花多。

粉面金刚 大花,正面淡紫色,背面粉白。盆栽名种

久米游 引进品种,浅紫色,大球状,株高,叶厚,花期较早。

野马分鬃 卷散型，白色，中管，有云钩，外轮纷披，内轮上抱。

国庆黄 金黄色。中型花，可盆植或地栽，是切花良种。

● 桂瓣类 ●

银盘托桂　白色,亮心,宽平瓣,外旋抱,内回扣。

● 畸瓣类 ●

金龙献爪　龙爪型,金黄色大花,中细管,瓣端变宽有龙爪,花期较早。

菊花造型

盘龙菊

悬崖菊

树桩盆景菊

九龙壁

编者心语

花卉是纯洁、美好、温馨的象征，具有陶冶性情、净化美化生活的功能，深受广大群众的青睐。名花是花中高贵典雅的代表，更受人们喜爱，却多因繁殖、栽培难度高而让人望而却步。本丛书特邀请诸多专家、养花高手精心传授名花种植的巧方妙法。

菊花是我国十大传统名花之一，起源中国，现已成为世界性花卉，其鲜切花产量居四大切花之首。菊花品种繁多，类型复杂，因用途不同而有不同的栽培方式。本书深入浅出地介绍了菊花品种选择、生态习性、繁殖技巧，有的放矢地阐述了立菊、造型菊、切花菊的栽培技艺和管理诀窍，以及病虫害防治技术，力求图文并茂，通俗实用。

由于时间与水平所限，书中不妥之处诚望广大读者批评指正，不胜感激。

2000 年 1 月

目录

一、概说菊花

菊花为菊科菊属植物，起源于中国，距今已有 3000 多年的栽培历史，《礼记·月令》中记载：季秋之月，鞠有黄华。其中“鞠”即为菊花。历代诗中，菊花尚有节花、金英、延年、寿客、傅公、甘菊、女花等别称。

菊花是我国传统十大名花之一，与“梅、兰、竹”共称“四君子”，深得我国人民的喜爱和赞誉。当万花纷谢、秋景萧条时，菊花仍花开枝头，繁花似锦，且姿态幽雅，香味清新，布置园林庭院，配以山石芳草，显得古雅清香，趣味盎然。菊花还可入药、食用、酿酒，在《本草经》和《西京杂记》中均有记载，可谓与人民生活密切相联。

菊花迄今尚无野生的报道。自 1957 年陈封怀等开始研究以来，陈俊愉从 1961 年起进行了野生种之间的大量杂交试验，对现代菊花的起源问题有所突破。一般认为原始菊花是通过野生种之间的天然杂交，经人工栽培选育，不断改进而成。主要原始亲本有毛华菊、野菊和紫花野菊，均野生于皖西、鄂西和豫西。

菊花在我国有悠久的栽培历史，因其“傲霜怒放，不畏严寒欺凌”的气节，自古成为文人墨客观赏、抒情、歌颂之物。战国诗人屈原的《楚辞·离骚》中有“朝饮木兰之坠露兮，夕餐秋菊之落英”之句，东晋陶渊明爱菊成痴，流传有“采菊东篱下，悠然见南山”等赏菊名句。

至宋朝，菊花栽培技术已有很大提高，由室外露地栽培发展为盆栽，能用其他植物作砧木嫁接菊花，品种也大量增加。北宋刘蒙于1104年著《菊谱》，为我国现存最早的一部菊花专著，记菊36品，分黄色17品、白色15品、杂色4品，书中还阐明菊花大朵、重瓣等变异之遗传与育种的基本原理和途径。其后历代记载菊花的专著书籍不下三四十种，内容涉及品种、分类、栽培、育种、病虫害等方面，对菊花的发展起到推动和促进作用。尤其是1993年李鸿渐教授的《中国菊花》一书问世，将多年来在全国收集的菊花品种材料6000余份整理后的品种3000余个汇集成册，2302个品种配有彩色照片及性状说明，乃集我国菊花品种之大成。

菊花现在盛行亚洲。一般认为菊花于东晋时经朝鲜传出，8世纪前后由朝鲜传到日本，但据日本丹羽博士考证，日本菊花是在我国唐代、即日本奈良时代（710～784年）由中国直接传入。日本引入菊花后，栽菊赏菊蔚然成风，787年即推崇其为国徽图案，1910年又命名为皇室国花。

17世纪，荷兰商人将菊花引入欧洲。最早记载见于荷兰作家白里尼（Bregnius）所著《伟大的东方名花——菊花》一书。18世纪中叶，法国路易·比尔塔文从中国搜集了许多优良品种引入法国。19世纪英国植物学家福琼（R. Fortune）先后到浙江舟山群岛和日本，引入优良品种，进行杂交育种，在英国广泛传播。美国在19世纪由欧洲引入菊花，作为庭园栽植，直至1860年以后，才在温室作商品化生产。

菊花从我国传入各洲后，发展很快，现已成为世界性花卉，其鲜切花产量居四大切花之首。

二、形态特征

菊花为多年生宿根草本植物或亚灌木，菊苗经过一个生长开花周期后，茎叶逐步衰老枯死。在生长过程中，地下茎上侧芽会萌发形成横走的根茎，不久，根茎先端伸出土面形成分蘖，至次年又开花完成生活周期，并形成新的分蘖，如此年复一年，成为多年生宿根草本。有些品种开花后不从地上茎上形成分蘖，而从原有老茎邻近土面的侧芽萌发新梢，老茎的上端枯死，新梢越冬后，次年继续生长开花，形成亚灌木习性。

（一）根

菊花的根系是地下部根的总称，包括主根和侧根。菊花为须根系，只有实生苗在幼龄时期有明显的主根，其主根来源于种子的胚根，又称定根；随植株生长，主根不断分支，形成根系。扦插苗、分蘖苗、压条苗及组培苗的根皆起源于茎，从茎间、叶基发出次生根，也称不定根，不定根可多次分生侧根。

菊花为浅根系植物，根系在土壤中分布以接近土表处最多，大部分根均密集在主干基部，越深入土中越少。

菊根的寿命随着主茎的衰老而逐渐死亡，很少有生长到两年的根体。地下根茎或分蘖苗的不定根，在冬季生长缓慢，或进入休眠状态，到次年春季再恢复生长。

（二）茎

菊花的茎干可分为地上茎和地下茎两部分。菊花种植时，有部分茎埋在土壤中，生长后期，这部分茎上的腋芽萌发生长，形成地下茎，也称根状茎（图1）

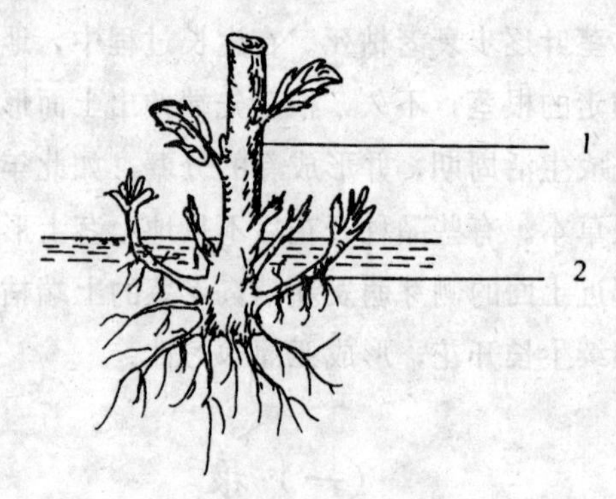

图1　菊花的茎

1. 地上茎　2. 地下茎

地下茎横向生长在土壤表层内，为白色或带紫褐色，有明显的节和节间，节上生有退化的鳞叶。地下茎在土内，每节都生长不定根，茎尖钝尖形，平卧生长一段时间后，向上弯曲出土，形成分蘖。

地下茎半木质化，时间长了基部也能形成木质化。幼茎略呈五角形，嫩绿色、绿褐色或紫褐色，表皮密生白色柔毛或绒毛，老茎上的毛亦不脱落，卷曲而呈灰褐色。茎上有节，节上生叶和芽，芽均为裸芽，冬季休眠期也不具芽鳞。侧芽紧靠叶腋，为单芽，萌发后形成新枝。遇短日照后，茎干停止生长，顶芽分化成花芽，发育成花。

地上茎在高度、直立性、分枝性、粗细等方面，因品种不同，差异很大。各种造型菊就是利用不同品种特性，经修剪、蟠扎、造型而成。

（三）叶

菊花的叶为单叶互生，只有叶柄，为不完全叶，但有些品种有明显托叶。叶卵圆形至长圆状披针形，呈羽状浅裂至深裂，边缘有缺刻或成锯齿状，基部两侧常不整齐，呈楔形、渐窄、浅圆凹。叶面深绿色，叶背浅绿色，生白色绒毛。叶柄较短，长不及叶片的一半，腹面具沟，两侧有叶片下延而成的窄翅，托叶着生叶柄基部两侧，其大部分贴生于茎上。

菊花的叶形变化很大，在一条枝上，通常以中部叶片最大，基部及上部叶片较小，最上部靠近顶蕾的叶片常呈线形。不同品种间差异性更大，在大小、形状、裂缺、托叶等方面都可能不同，常作为识别品种的依据之一。通常依据菊株中部叶片作标准，将叶型分为如下 9 种（图 2）。

①正叶：叶片端正，卵形，缺刻较浅，如“平沙落雁”、“紫袍玉带”。

②深刻正叶：叶形与正叶相似，但缺刻较深，一般深达叶片的 2/3 以上，如“玉管银台”、“珍珠帘”。

③长叶：叶片长而狭，长是宽的 1.5～2 倍，缺刻较浅，且五裂整齐。如“粉面桃花”、“紫龙卧雪”。

④深裂长叶：叶形与长叶相似，但缺刻较深，一般深达叶片的 2/3 以上，如“清风明月”、“金龙飞舞”。

⑤圆叶：叶片宽椭圆形，长阔几乎相等，叶缘锯齿浅钝，较完整，如“雪涛”。

⑥葵叶：叶片近圆形，缺刻浅钝，形似葵叶，如“女王冠”。

⑦蓬叶：叶片卵形，狭长深裂，缺刻深而尖锐，形如蓬蒿叶，如“云鬓玉环”、“银盘托桂”。

⑧反转叶：叶缘向背面反转，缺刻较浅或不规则，叶面突起，背面凹陷，如“仙露蟠桃”。

⑨附柄叶：叶柄基部着生对称的两片小托叶，如“太真图”。

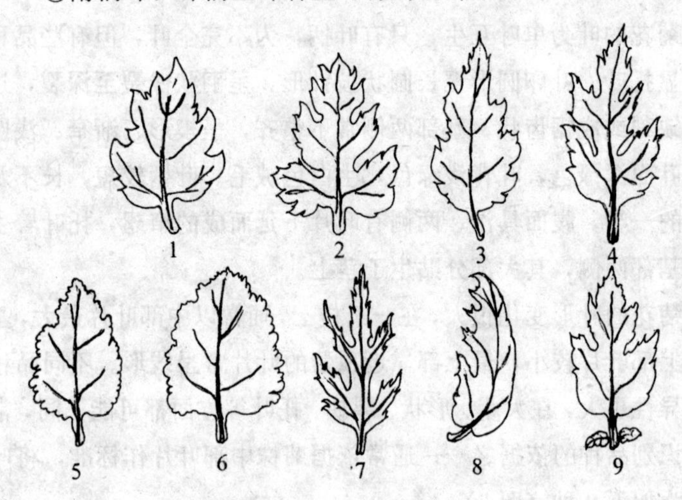

图2　菊花叶片类型

1. 正叶　2. 深刻正叶　3. 长叶　4. 深裂长叶　5. 圆叶　6. 葵叶　7. 蓬叶　8. 反转叶　9. 附柄叶

菊花的叶型和菊花的花型有密切的联系：一般叶片肥大、浅裂、短柄者多为平瓣花，球型花；叶片瘦小、深裂、叶柄细长者多为管瓣花。但是栽培条件不同时，叶片也会随之变化。光照不足，营养不良，则叶片颜色变淡、质薄而暗淡无光；若肥力过大，又可能使叶片颜色浓绿、僵板。实践中应根据各方面情况综合考虑，细心观察。

（四）花

菊花的花型构造比较特殊，并不是日常所说的一朵花，而是由许多舌状花和筒状花按一定次序生长聚缩成的头状花序，由花序梗、花序轴、总苞、舌状花及筒状花等几部分组成（图 3）。花序轴是花序梗顶端膨大部分，平展成盘状或凸起半球状，称为托盘，是总苞和小花着生处。总苞由多数鳞片层叠组成，呈绿色，边缘膜质。菊花为无限花序，随着雌雄蕊的进一步瓣化，每个花序上的小花由几十到数千朵不等。小花分为两种形状：筒状花和舌状花。

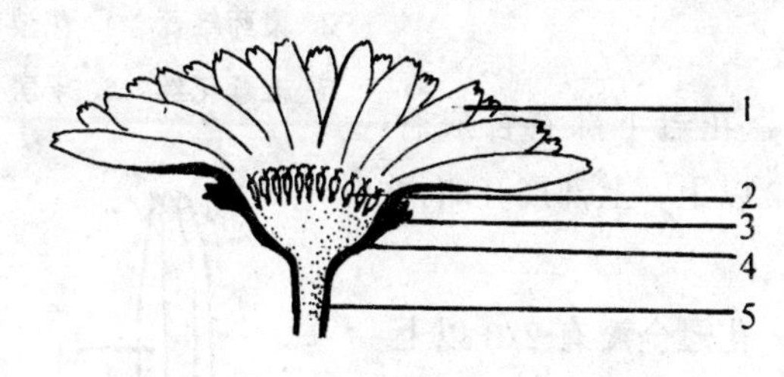

图 3 头状花序

1. 舌状花 2. 筒状花 3. 总苞 4. 花序轴 5. 花序梗

1. 筒状花

筒状花着生托盘中间，习惯称为“花心”。筒状花花冠合成筒状，尖端整齐五裂；中心部有一雌蕊，柱头 2 裂，花柱短，子房下位，1 室，内有 1 直生胚珠；5 枚雄蕊，为聚药雄蕊，花药连合成筒，各以细丝状花丝着生于花冠内，与花冠裂片互生，雄蕊围着花柱，当雌蕊开花时，柱头从雄蕊的聚药筒中伸出并张开呈 Y 形（图 4）。

2. 舌状花

舌状花着生托盘边缘，习惯称为“花瓣”。舌状花的雄蕊退化，仅有一雌蕊，雌蕊柱头2裂，花开时先端呈Y形，花柱细短，子房下位（图5）。舌状花为不孕花，不能结种子。

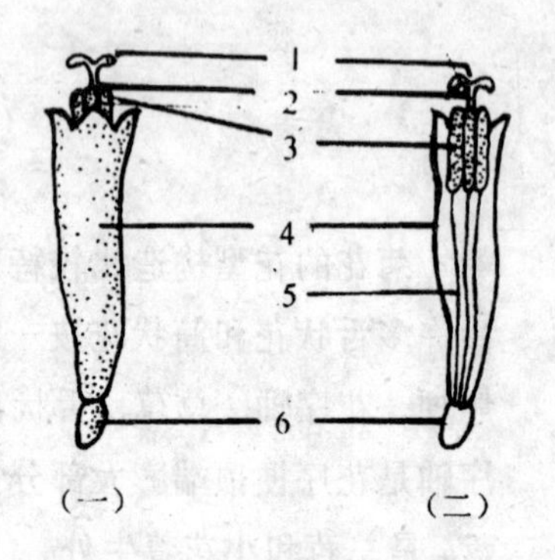

图4 筒状花结构

（一）外形图 （二）剖面图

1. 雌蕊柱头 2. 雌蕊花柱
3. 聚药雄蕊 4. 花被
5. 雄蕊花丝 6. 子房

舌状花形态各异，变化很大，一般可分为平瓣、匙瓣、管瓣、畸瓣类，常作为菊花分类标准之一。

①平瓣类：花冠仅基部相连，其余部分均呈平面伸展，平展部分占全瓣长4/5以上。

②匙瓣类：花冠下部卷合成管状，占全瓣1/2以上，上部展开略内卷呈匙状。

③管瓣类：花冠全瓣有2/3以上呈管状伸展。管瓣又有细管、中管、粗管、针管之分，先端或直或勾，或平展或开裂，变化多端。

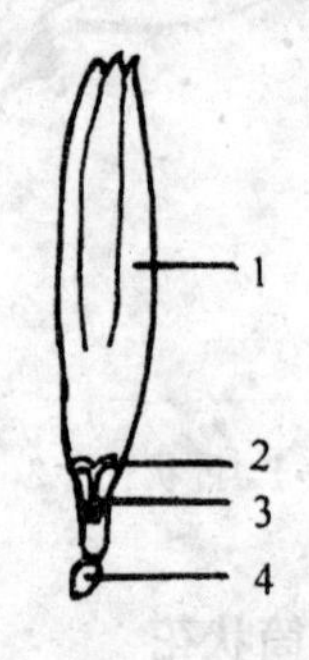

图5 舌状花结构

1. 花被 2. 雌蕊柱头
3. 雌蕊花柱 4. 子房

有些菊花，筒状花伸长发达，舌状花便逐步退化为托桂型，如“大红托桂”；舌状花越发达，筒状花就越减少，甚至全部退化，使花序外形呈饱满球形，如“光辉”、“高原之云”等。

菊花花型千变万化，主要是因为小花不断演变，导致整个花序形态的变化。最初原始类型均为单瓣小菊，舌状花绝大部分为平瓣，且短小。经过漫长的栽培及人工选育，平瓣演化成匙瓣，又由匙瓣演化为管瓣；直瓣演化成曲瓣，出现分歧、毛刺、钩环、贯环、龙爪、细管等畸变（图 6）。一个花序中常出现平瓣、匙瓣和管瓣并存的现象。

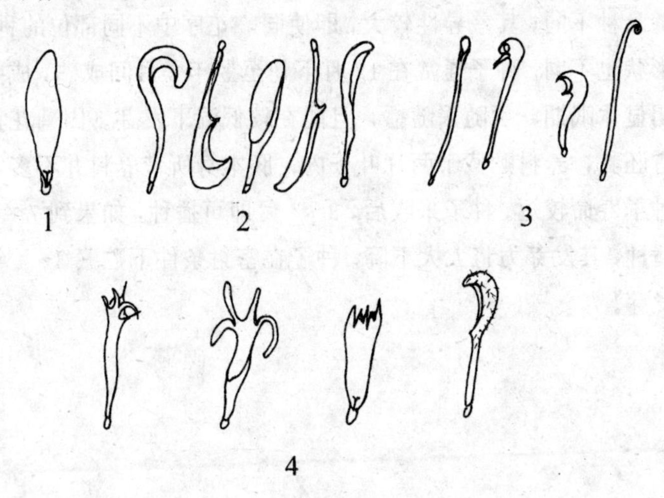

图 6　菊花舌状花类型

1. 平瓣类　2. 匙瓣类　3. 管瓣类　4. 畸瓣类

菊花颜色丰富多彩，主色已有红色、黄色、双色及间色；各主色尚包含各种深浅不同的分色，使菊花成为世界上色彩最丰富的花卉之一。目前菊花尚无蓝色和黑色品种，这可作为园艺工作者培育新品种的一个课题。

（五）果实和种子

菊花从受粉到果实成熟，约需经过 5 个月左右。菊花为子房下位，子房一室，内含有一倒生胚珠。胚珠受精后，由子房壁和胚珠发育成果实，在植物学上称为瘦果。瘦果成熟后不开裂，呈黄褐色，形状似一短棒状，长约1～3毫米，横断面约1毫米，千粒重约1克。果皮革质，与种子离生，内含一粒种子。种子细小，无胚乳。种子表面呈棱形，颜色较深，淡褐色至深褐色。种子形状随品种不同，其差异性较大，即使同一花序中不同部位的种子，其形状也不同。种子通常在12月下旬至翌年2月间成熟，成熟后无明显休眠期，可随采随播，且能在较低温下发芽。因菊花种子没有胚乳，养料贮藏于两片叶子内，胚本身所带养料并不多，所以种子寿命较短。种子采收后，3～4月即可播种，如果到7～8月才播种，其发芽力将大大下降。种子在密封条件下贮藏3～4年也能发芽。

三、分类与常见品种介绍

（一）分类方法

菊花品种繁多，花型、花色、花期、栽培方式等各不相同。采用不同的分类角度，便形成了多种分类方法。

1. 依自然花期分类

①秋菊：自然花期10～11月，品种最多，又依开放的先后分为早、中、晚三类。早菊于10月中、下旬开放，中菊于11月上旬开放，晚菊于11月中、下旬开放。

②寒菊：花期最晚，在12月下旬至2月下旬间。

③夏菊：开花期4月下旬至9月。

④四季菊：一年中只要温度适合，可持续开放。四季菊都是小菊。

2. 依栽培方法分类

①立菊（多头菊）：每盆一株多秆，一秆一花。

②独本菊：每盆一株一秆一花，营养集中，能充分体现该品种的独有特征，又称标本菊。

③案头菊：全株高20厘米以内，每盆一株一秆一花，小巧玲珑，适合室内几案摆放，选用大花矮秆品种。

④大立菊：以单株菊花，经过摘心、定头、分头及绑扎等手法使百朵至数千朵花按一定规律蟠扎在弧面圆盘形或半球形上。

⑤悬崖菊：把菊株蟠扎成向一侧倾斜悬垂状。通常采用蔓性

小菊或大菊中的小花长秆品种。

⑥塔菊：把菊株蟠扎成宝塔形。

⑦盆景菊：以菊花为主体，配以山石、枯木等素材，制作成艺术盆景。品种通常以小菊为主。

⑧切花菊：将菊花花枝剪切下来作为观赏对象，通常进行规模化的商品生产。

3. 依光周反应分类

日本OKada氏（1959），根据菊花对季节和光周期反应，将菊花分成如下6类（表1）。

表1 OKada氏菊花分类

群别	开花季节群	对光周期反应	
		引起花芽分化的光周期	引起花芽发育与开花的光周期
Ⅰ	秋开花群	短日	短日
Ⅱ	冬开花群	短日	短日
Ⅲ	夏开花群	中性	中性
Ⅳ	晚秋开花群	中性	中性
Ⅴ	早秋开花群	中性	短日
Ⅵ	OKayamaheiwa型	短日	中性

4. 依花径大小分类

①小菊系：花序直径在6厘米以下。

②大菊系：花序直径在6厘米以上，又依花径大小分为大、中、小三级，大菊花径18厘米以上，中菊花径9～18厘米，小菊花径6～8厘米。

5. 依瓣型花型分类

1982年中国园艺学会确定以瓣型花型为分类依据，将大菊系分为5类30个花型及12个亚型，现简介如下。

①平瓣类。下分宽带型（平展亚型、垂带亚型）、荷花型、芍药型、平盘型、翻卷型、叠球型。

②匙瓣类。下分匙荷型、雀舌型、蜂窝型、莲座型、卷散型、匙球型。

③管瓣类。下分单管型（辐芒亚型、垂管亚型）、翎管型、管盘型（钵盂亚型、抓卷亚型）、松针型、疏管型、管球型、丝发型（扭丝亚型、垂丝亚型）、飞舞型（鹰爪亚型、舞蝶亚型）、钩环型（云卷亚型、垂卷亚型）、璎珞型、贯珠型。

④桂瓣类。下分平桂型、匙桂型、管桂型、全桂型。

⑤畸瓣类。下分龙爪型、毛刺型、剪绒型。

（二）常见品种介绍

我国菊花品种众多，以下仅选具代表性的传统菊中名品加以介绍。

品种介绍中植株、花径、花期说明如下。

植株：高，指高株，株高60厘米以上；

中，指中株，株高40～60厘米；

矮，指矮株，株高40厘米以下。

花径：大，指大菊，花序直径18厘米以上；

中，指中菊，花序直径9～18厘米以上；

小，指小菊，花序直径9厘米以下。

花期：早，指早菊，10月20日以前开放；

中，指中菊，10月20日～11月10日间开放；

晚，指晚菊，11月10日以后开放。

1. 十丈珠帘

管瓣类散发型，细管前端略卷曲，纷披下垂，极长，飘逸；粉白色，内轮稍淡绿色；叶狭小，株高细弱，花径大，花期中。该品培育难度大，生长势较弱，很难充分体现品种特征。

2. 大红托桂

桂瓣类匙桂型，外轮匙瓣，匙内为大红色，外为深粉色，筒状花内为大红色，外为金黄色；正叶，株矮，花径中，花期中，开花持久。不耐旱，生长势中等。

3. 帅旗

平瓣类宽带型平展亚型，单轮约20瓣，盘状花显著；双色，正面红色，背面金黄色，盘状花黄色；反转叶，株高，茎长，花径中，花期中，不耐涝。培育较难。

4. 绿牡丹

平瓣类芍药型，外轮直出，内轮回抱；黄绿色；正叶肥厚，株矮，花径中，花期早。菊中名品，培育难度大，开花期应适度遮阴，保持花色鲜绿。

5. 墨荷

平瓣类荷花型，外轮平展，内轮圆抱，盛开时露心；墨紫色；深刻长叶，脉明显；株中，茎紫色，花径小，花期晚。

6. 绿朝云

管瓣类管盘型，直管多轮，管端略回钩，外轮长，向内渐短回抱，盛开时不露心；淡绿色，内轮较深；深刻长叶，株中，直立，花径中，花期晚。

7. 平沙落雁

匙瓣类卷散型，长匙瓣，多轮，外轮悬垂飘舞，有钩环，内轮卷曲，盛开时微露心；浅紫色，后期花色变淡；株中，花径大，花期早。

8. **人面桃花**

平瓣类叠球型，外轮中有少数匙瓣；浅粉色；深裂长叶，肥厚；株中，花径中，花期晚，耐久。

9. **黄毛菊**

畸瓣类毛刺型，匙瓣，外轮有少许管瓣，均有毛刺；深黄色；深刻正叶，株高，茎有棱，花期中，花径中。

10. **红黄二乔**

平瓣类平盘型；双色，正面橙红，背面深黄；深刻长叶，株中，花径中，花期中。

11. **黄香菊**

管瓣类翎管型，刚直圆管向四方放射，长度基本相等，管端生毛刺，不露心；金黄色；正叶深裂，株中，花径中，花期晚；持久。具有特殊香味。

12. **太真图**

匙瓣类卷散型，长匙瓣纷披飘舞，不露心；浅粉色；长叶深刻，易扭转，具大托叶；株高，花茎长，花朵向一侧偏斜；花径中，花期中。

13. **猩猩冠**

管瓣类疏管型，中细管略旋扭，向内渐短；粉色；深刻长叶，株中，茎带紫色，花径中，花期晚。

14. **珠落玉盘**

管瓣类贯珠型，管端卷曲如珠，柔软下垂；花淡粉色，后期变白；深刻长叶，株高，花径大，花期早。

15. **黄鹤楼**

平瓣类叠球型，多轮圆抱，不露心；金黄色；株高，节间长，长叶，花径大，花期早，持久。

16. 朱砂奎龙

管瓣类飞舞型，外轮瓣长，弯曲下垂呈飞舞状，姿态优美，内轮渐短内抱，不露心；深紫色，有光泽，后期色变浅，呈朱砂色；深刻正叶，株中，花径大，花期晚。

17. 仙露蟠桃

匙瓣类匙球型，多轮重叠紧抱，呈丰满球形；淡紫色；反转叶，株矮，秆壮，长势强，花径大，花期晚。

18. 西厢待月

平瓣类叠球形，舌状花排列整齐，对抱成扁球形，中间有明显凹陷的一条线；浅黄色；正叶肥厚，略下垂，株矮，花径大，花期中。

19. 光芒万丈

管瓣类松针型，细直管盛开时向四方放射，不露心；黄色；长叶，株高，花径大，花期早。

20. 金线贯珠

管瓣类贯珠型，外轮细管飘垂，管端卷曲如珠，内轮回抱；金黄色；正叶细小，株矮，花径中，花期晚。

21. 高原之云

平瓣类叠球型，平瓣叠抱成丰满大球；乳白色，外轮常因光照泛粉红色；株高，茎壮有棱，长叶肥厚，花大，花期晚。

22. 棕撣拂尘

管瓣类丝发型，管极细，直伸下垂；棕黄色；长叶，柄长，株高，茎细，花径中，花期晚。

23. 碧玉钩盘

管瓣类钩环型，外轮披垂，具小钩环，内轮回扣如盘；浅粉中略带黄绿色；长叶，株中，花径中，花期中，耐久。

24. 长风万里

管瓣类管球型，多轮圆抱成球形，下部有悬垂飘逸的长管瓣，姿态大方豪放；花色绿白；正叶，柄长，株高，花径大，花期早。

四、生态习性

菊花在生长发育过程中，主要依赖的环境因子有温度、光照、水分、土壤、营养、空气等。菊花品种特征的充分表现，除决定于其本身的遗传特性外，还取决于各外界环境因子，并且是所有这些条件综合作用的结果。因此，充分了解菊花的生态习性，掌握菊花生长发育与环境因子有关的相互机理，才能培育出品质优良的菊花。

（一）温　度

菊花性喜凉爽，最适温度为白天18～20℃，超过32℃或低于10℃时对菊花生长不利。菊花具有一定耐寒性，在北京地区气候条件下，部分品种可覆盖越冬，尤以小菊类耐寒性更强，埋于土中的根茎，能抗－20～－30℃低温，5℃以上即可萌动，10℃以上新芽即可伸展生长。菊花在气温32℃以上时生长减慢，夏季能耐40℃高温，但基本停止生长，待秋季转凉后，便恢复正常生长，一般菊花已充分发育的花蕾，在5℃以上就能正常开放，已开放的花，在短期霜雪下亦不受冻。因此，在长江流域能见到秋菊傲立霜雪的美景。但在华北地区菊蕾初绽时已开始出现霜冻，因此必须于10月下旬霜降之前，将菊株移入室内栽培。

（二）光　照

菊花喜充足的阳光，若光照不足，常造成菊株生长瘦弱，开花不良。但夏季强光也常使菊花生长受抑制，严重时叶片被灼伤。细管瓣、中管瓣品种的叶片较薄，抗强光力弱，最易受害。绿色品种在开花时适度遮光，能使绿色不变淡，保持花色鲜绿。

菊花为典型短日照植物，自然光照在 14.5 小时以上时只进行营养生长，当日照缩短到 13.5 小时以下时花芽才开始分化，日照缩短到 12.5 小时，花蕾逐渐伸展，进入生长发育旺盛时期，至 10 月中旬陆续绽蕾开放。

菊花不同品种间，所需的短日照日数及每天的光照时数均不相同。欧、美常依各品种从花芽分化所需的短日照开始日起，到花开放时所经历的天数，将品种划分成不同的反应组，称光周期反应组或反应组。表达时将天数折合成周数来划分命名。例如：从短日照开始，经 50～56 天开花的品种称 8 周反应组；经 57～63 天开花的品种称 9 周反应组；以此类推。我国对部分品种做过测定，有利于生产者调控开发日期（表 2）。

表 2　菊花不同反应组品种举例

反应组	短日照开始到开花经历天数	品 种 举 例
8 周组	50～56	玉龙闹海、黄鹤楼、淡紫绣球、君子玉
9 周组	57～63	丰收棉、鸳鸯荷、曲江春色、黄梨香
10 周组	64～70	一品黄、朱砂红霜、金背大红、霜晨月
11 周组	71～77	金鸡报晓、凤凰振羽、向阳开花、明灯锦屋
12 周组	78～84	绿松针、陶然醉、归田乐、白鸥逐波
13 周组	85～91	寒紫
14 周组	92～105	冬桔、冬红

* 本表来自李鸿渐等

（三）水　分

水分是菊花生长发育不可缺少的因素。水是菊花植株的组成部分，是光合作用的重要原料之一，是植物中物质转运的溶剂，也是植物体一切生化反应的介质。

菊花喜湿润且排水良好的土壤，不耐积水。不论是地栽，还是盆栽，都要浇水适度。如果浇水过量，土壤中氧气被水分代替，造成土壤缺氧，导致根部因缺氧而呼吸作用受抑制，影响水分、无机盐吸收，各种生理功能减弱，抵抗力降低，严重时造成根系窒息腐烂而死亡。

菊花生命力旺盛，因其叶总面积大，蒸腾消耗量大，在生长期间需要充足水分，才能生长良好，尤其是夏季高温季节。若是盆栽菊，每天必须浇水，甚至早晚要各浇一次。如果土壤干燥，不能供给菊花所需要的水分，将影响正常生命活动，生长减慢，叶片萎蔫，顶梢下垂，严重时基部叶片枯黄脱落。

水分过多、过少，都会造成地上部分叶片萎蔫、枯黄、脱落，地下部分根系变黑，腐烂发臭。但是在外观上可观察到水分多少的不同之处：水分过多，叶片自下而上开始萎蔫；水分过少，叶片自上而下，从顶端嫩梢开始萎蔫下垂。

水分对菊花花色有一定影响，正常色彩需适当的湿度才能显现。如孕花期土壤较干燥，色素形成较多，花朵的颜色会变浓，原来白色品种变成乳黄色，淡桃红色变成浓桃红色。

（四）土　壤

土壤为菊花提供生长场所，并不断为菊花的生长发育提供所需的空气、水分和营养。因此种菊前首先必须充分了解土壤的理化性质和肥力状况。按照土壤中矿物质颗粒粒径的大小可将土壤分为砂土类、粘土类和壤土类三种，其性质如表3。

表3 土壤种类表

土名	性质及用途
砂土	土壤中80%以上是砂，20%以下是粘土。这种土壤容易干燥，应多施有机肥，在地下水位较高处种植较适宜。它对光热吸收力强，土温较高，花木生长旺盛。砂土也是配制培养土的主要材料，能使排水畅通，作扦插基质容易生根
粘土	土壤中60%以上是砂，40%以下是粘土。这种土壤土质细，粘性大，干时裂成块状，它保肥、保水性强，种植时要多掺腐叶土、腐殖质土或砂土，并加强养护管理，冬季翻地冰冻风化可使土壤疏松，注意松土、排涝，则花木能生长良好
壤土	土壤中砂土与粘土各占半数，砂质稍多的称砂质壤土，粘土稍多的称砂粘质壤土。这种土壤对水、肥的保持性强，是栽培花木较好的土壤

该表摘自刘师汉《实用养花技术手册》，1994年

菊花喜腐殖质深厚、疏松、排水透气性好、保水保肥力强的砂质土壤。一般土壤都无法同时满足各种优良的物理性状，这就必须进行土壤改良。盆栽菊因盆土容量有限，更需要营养物质丰富、物理性质良好的土壤，才能满足其生长发育的要求。家庭种菊花可就地取材，选择厩肥、腐草、泥炭土、河泥、炉灰土等，作为改良剂制作培养土，既经济又实用（表4）。

表4　家庭常用土壤改良剂种类

名　称	性　质　及　用　途
厩肥	主要由家畜厩肥发酵沤制而成，以羊、马粪制成的较疏松，以牛、猪粪制成的较粘重。其成分主要是腐殖质，质地疏松，呈酸性反应，含有丰富的各种养分，吸水、肥性强
腐草	用落叶、杂草掺入土、粪等堆积腐烂而成。其含养分丰富，酸性反应，质地疏松，为粘重土壤的疏松剂
泥炭土	远古的苔藓和水生植物，埋入湿土中，年久腐烂而成，其中部分已碳化，颜色褐黑。酸性反应，质地疏松，持水量高，但缺少养分。适合与重粘土或疏松砂质土混用。
苔藓	经晒干、研碎、掺入土中、可使土壤疏松，提高保肥、保水性
草炭土	枯枝落叶和死亡的植物长期聚积在沼泽地带腐烂而成。呈中性或酸性，富含有机质
河泥	养鱼及种荷藕池塘的沉积物，富含有机质。经晒干，反复翻捣，一年后可配制培养土
炉灰土	排水透气性好，可调制培养土。筛出的灰土渣可放在盆底作排水层用

土壤酸碱度对菊花的生长发育有密切关系。菊花在微酸性至中性土壤中均能生长，但以 pH 值 6.2～6.7 最适宜。种菊前需先测定土壤的 pH 值，用 pH 试纸即可粗略测定，方法是将土壤充分用水浸湿后，以土壤澄清溶液测定。若 pH 试纸显红色，则表示土壤显酸性；若 pH 试纸显蓝色，则表示土壤显碱性。对照比色卡，可知大致 pH 值。家庭种菊，还可凭实践经验，以目测鉴别土壤酸碱性（表5）。

表5 目测鉴别土壤酸碱性表

目测方法	鉴别方法
看土源	根据土质的来源断定。山区腐殖土呈黑色、褐色、棕色，是一种肥沃的酸性土，适合各种花卉栽培
看植物	凡是长有映山红和针叶植物的地区是微酸性土；凡是生长马炸菜、海蒿子、柽柳等植物的，一般是碱性土；凡豆类、甜菜、紫花苜蓿、稻谷、高粱、棉花、葡萄、梨树等生长的地区，一般为中性或偏碱性土；番薯、小麦高产地块中的土壤，一般偏酸性
看颜色	一般微酸性的土壤大都呈黑色、褐色、棕黑色；碱性土呈白色、黄白色。花木培养要选用黑色、棕色土
看水情	土壤浇水后立即渗下，水漂出浑色，多为酸性；浇水时冒出白泡，起白沫，多为碱性。浇水后土壤松软为酸性；浇水后土壤板结，且干得快，土表一层白粉状多为碱性
看团粒	酸性的土壤团粒结构多，抓起一把，仔细观察，有米粒似的土粒；碱性土呈白砂状，团粒结构少或没有

摘自刘师汉《实用养花技术手册》，1994年

如土壤酸碱性过强，需加以调整，使之满足菊花生长的需要。一般酸性过强，可加生石灰，每立方米基质中加生石灰354克可提高pH值0.1单位。施用碱性肥料（如硝酸钙或大量有机物）也有效。如碱性过强，可加硫酸铝或硫酸亚铁或硫磺粉。每立方米基质加入354克硫酸铝或硫酸亚铁，可降低pH值0.2单位，而加354克硫磺粉则可降低pH值1个单位。硫磺粉持效性长，但作用缓慢，需提前半年施用。盆栽菊用硫酸亚铁稀释成200倍水溶液浇灌，见效很快。

（五）营　养

菊花喜重肥，对氮、钾肥需求量大，钙、镁、磷肥及铁、铜、锰、硼等微量元素也是不可缺少的，若缺乏则植株生长不良，叶片会出现各种缺素症状（表6），生长期间若发现病症，应及时补充营养。钙、镁、锰、磷于整地时以基肥施入，定植后只需施氮、钾肥，菊花吸收钾量约为氮肥的2倍，所以生长期间应多施钾肥。

表6　菊花营养贫乏及其症状

缺氮	叶子小，呈灰绿色；靠近叶柄的地方颜色较深，叶尖及叶缘处则呈淡绿色；下部的老叶干枯，易于脱落，茎木质化，节间短，生长受抑制
缺磷	叶灰绿色，靠近叶柄的地方颜色较浓。基部小叶先凋落，然后扩展至上部，植株生长受抑制
缺钾	叶子小，呈灰绿色；叶缘呈典型的棕色，以后逐渐地向里面扩展，发生一些斑点，终于脱落
缺钙	顶芽及顶部的一部分叶子死亡，有些叶子缺绿，茎坚硬；根短粗，呈棕褐色，常腐烂，往往在2～3周以内，大部分吸收根系可能死亡；植株的发育受到严重的抑制，不能开花
缺镁	老叶的叶脉间缺绿，叶缘向上卷曲，叶片皱缩，叶柄短。严重缺乏时，叶子上发生紫色的块斑，随即贴茎下垂，植株的生长受到严重的抑制
缺铁	幼叶缺绿，由轻微而渐趋严重，并向植株的基部扩展。叶子大部分呈棕色，严重缺乏时，叶子几乎变成纯白色或乳白色，叶脉也变成白色。部分死亡开始发生后，很快从叶尖及叶缘向内焦枯死亡

续表

缺锰	植株上部的叶子缺绿以后，从叶尖开始，叶脉间变成枯黄色；叶脉则正常绿色；叶尖及叶缘向下卷曲，以致叶片几乎卷叠起来，并微显紫红色
缺硫	幼叶及中部的叶子呈淡绿色，叶脉的颜色更淡，随后基部叶片的叶脉呈紫褐色而死亡，植株的发育受到严重抑制

摘自韦安阜编译的《植物营养贫乏症的识别》

家庭可利用废弃物，如动物下脚料、菜叶、骨头、豆腐渣等，自己制作肥料（表7）。家庭自制的肥料营养全面，经常施用可以改良土壤结构，使土壤松软，不易板结，排水通气良好。

表7 自制花卉肥料

肥料名	配制方法及作用
家庭杂肥	利用厨房废弃杂物，如豆壳、菜皮、残根、黄叶，鱼、鸭、鸡、鹅肚肠及蛋壳，加上淘米水堆放在缸内沤制，淘米水要多于杂物。然后加盖密封，待充分发酵。一般秋季配置密封后来年启封，按8（水）：2（肥）稀释，作追肥施用。对花卉的发育生长、花芽分化都有良好作用
骨粉肥料	收集餐桌上吃剩的肉骨头、鱼鸭鸡骨，放在水里24小时，洗去盐分，放在高压锅里蒸煮20分钟，然后取出捣碎，再将骨粉腐熟后，掺入50%的砂质园土拌和后作基肥使用，这是以磷为主的完全肥料
自制绿肥	取少量的骨粉与草木灰放入缸或钵内，用2.5千克水浸泡后，加入1千克菜叶（也可用树叶、青菜），经一个月左右的沤制，待腐熟后捞出即可使用。这种肥料经济实用，肥效又高，可使花卉枝青叶绿，花朵美丽

续表

肥 料 名	配制方法及作用
豆腐渣肥	将菜场购来的豆腐渣放在缸内，盛水使之发酵沤制。待充分发酵后，按 6（水）∶4（肥）拌和作追肥施用。施用于家养盆花，效果迅速
药渣肥料	用中药渣拌进园土，放入钵内，加上淘米水后沤制，待药渣发酵成腐殖质，加一层土覆盖，用时随时取出即可。这种肥料具有促生长、壮茎叶等特点
鸡粪肥料	腐熟的鸡粪含有很多氮、磷、钾及有机质，还有较多的微量元素与 B 族维生素，用充分腐熟的鸡粪作基肥，一年肥力不衰；用作追肥，有效期也能达到 2 个月以上。这种肥料能使植株生长旺盛、分枝多、叶片肥大、花期长
螺蛳肥料	用螺蛳 0.5 千克，捣碎后放入钵内，加水 2.5 千克，密封后使之充分发酵。夏季密封 20 天即可揭开封口，搅拌均匀后，作基肥使用，见效很快
蓖麻籽肥	用新鲜的蓖麻籽捣碎后，作基肥或将碎末埋入盆土中，任花卉自然吸收。蓖麻籽肥用量少，有效期长，既清洁又卫生。每半年施用一次，就不必施用其他肥料

摘自刘师汉《实用养花技术手册》，1994 年

五、繁殖要诀

菊花繁殖可分有性繁殖和无性繁殖两种。有性繁殖即播种繁殖，多用于杂交育种，一般生产上很少使用。无性繁殖包括扦插、分株、嫁接、压条和组织培养等。

（一）扦 插

扦插是利用菊花营养器官具有的再生能力，切取茎的一部分，插入基质中，使其生根发芽成新植株的繁殖方法。用这种方法可在短时间内育成批量幼苗，并能保持原有品种特性。菊花繁殖多用此法。

1. 影响扦插生根的环境条件

①温度：扦插最适合气温为15～20℃，气温低则抑制枝叶生长。基质温度稍高于气温3～6℃，可促进根的发生，因此有条件者可于扦插床或扦插箱底制作增底温的设备。

②湿度：插穗在湿润的土壤中才能生根，通常土壤的含水量50％～60％为适度，水分过多将导致插穗腐烂。扦插初期，水分较多，有利于形成愈伤组织；愈伤组织形成后，则应适当减少水分。为避免插穗叶片水分蒸腾量过大，保持较高的空气相对湿度是保证生根的重要措施，通常以80％～90％的相对湿度为宜。

③光照：插穗带有顶芽和叶片，在日光下可进行光合作用，有利生根。但强烈的日光易造成高温低湿，叶片因过度蒸腾而失水，插穗萎蔫，不利生根，因此扦插初期应适当遮阴，通常遮光30％～

50%为宜。生根初期早晚不遮光，中午遮强光，此后逐步去除。遮光过久光合作用差，反而不利生根，幼苗生长瘦弱。

2. 扦插种类

菊花扦插依取插穗的部位不同，可分为以下几种（图7）：

①嫩枝扦插：此法应用最广泛。多于4～5月进行，选用发育良好、不带病虫害的植株，截取顶端嫩枝6～8厘米作为插穗，去除基部叶片，仅留上部2～3叶，大叶可剪除一半，减少水分蒸腾。

②脚芽扦插：通常在秋冬母株开花时进行采芽，既方便，又可确保品种准确无误。此时根茎萌生的脚芽陆续出土，叶尚未展开，尽可能选远离母株、生长茁壮、充实抱头的芽。不要选用黄嫩瘦弱的芽或叶已展开、形如毛毽的芽。取芽时用小刀从一侧土表下1～2厘米深处斜向切取，芽长6～8厘米即可，去除下部叶片，插于基质中，到翌年春暖后分栽。此法适用于嫩枝扦插较难生根的品种。

③腋芽扦插：此法常在需引种繁殖而又缺脚芽或嫩梢时采用。腋芽较短小瘦弱，养分不足，管理应细心。

④茎段扦插：选用生长健壮的茎段，保留3～4芽，于芽下2毫米处以利刀削平，去除1～2叶，若所留叶片面积过大，可剪除一半。选择茎段时需注意，茎段中下部中心髓部若已变白，则表示茎段已老化，不易生根，不可再用。茎段扦插成苗不整齐，较难培育成优质产品，但在缺乏种苗时，也是一种较好的补救办法。

⑤叶芽扦插：叶芽扦插也称单芽插，当获得某菊花品种仅有几枚叶片时，只能使用此法繁殖。选择健壮完好的叶片，带叶柄及腋芽，扦插时注意保护好腋芽，这是成败的关键。菊花叶片扦插也很容易生根，但无腋芽的叶片无法产生不定芽，不能起繁殖作用。

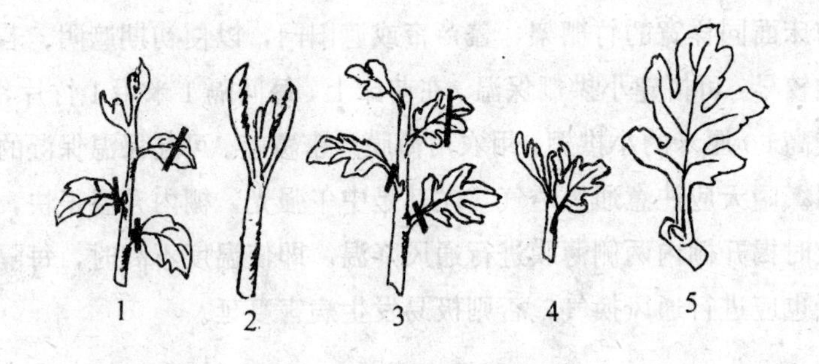

图 7　菊花扦插种类

1. 嫩梢扦插　2. 脚芽扦插　3. 茎段扦插　4. 腋芽扦插
5. 叶芽扦插

3. 苗床准备

(1) 扦插基质

可用砂土或珍珠岩加 30%～50%草炭土；或用砂 70%～80%、珍珠岩 20%～30%配制。基质可根据各地条件，就地取材，扦插基质需满足如下要求：疏松，排水透气性好，保水能力强，无病虫害及杂草。扦插前基质应消毒，用托布津 1000 倍液或百菌清 800 倍液浇一遍透水，能起良好的防病效果。

(2) 苗床种类

依据插穗数量多少，扦插条件等，苗床可采用如下几种方式。

①盆插或箱插：当扦插数量或品种较少时采用此方式，较方便易行，好管理。将基质装入盆后用水浸湿，待多余的水滤干后即可扦插，每盆 1 个品种，插完 1 盆，立即插上标签，以免混乱。

②苗床扦插：数量较大或批量生产时，均在专设的苗床上进行。选择地势高、排水良好、通风向阳处设苗床。为便于操作，床宽 1 米左右，依地形而定，床高 25 厘米，底下铺 10 厘米厚的碎石或煤渣作排水层，上铺 15 厘米厚基质。床上搭建高 1～1.2 米、

与床面同样宽的竹棚架，盖芦帘或遮阳网，以便初期遮阴。若扦插较早，可搭建小拱棚保温。在苗床上，每间隔 1 米用 1 竹片，搭成高 60 厘米的小拱棚，用农用薄膜严密覆盖。可起保温保湿的作用。晴天应注意通风透气，尤其是中午强光，棚内升温很快，要及时揭开棚内两侧薄膜进行通风降温。即使温度不高时，每隔一天也应进行通风换气，否则极易发生病害蔓延。

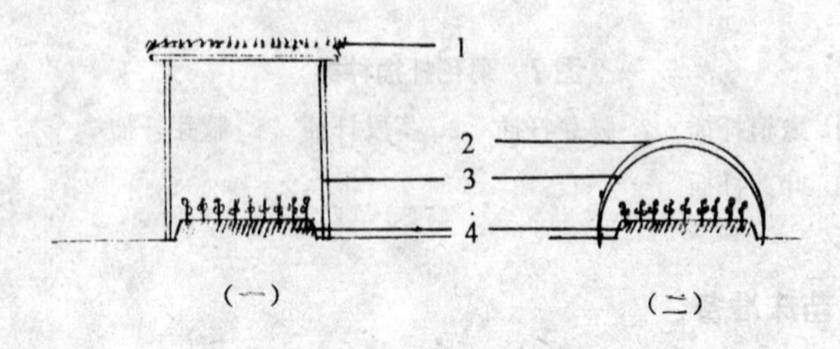

图 8　扦插苗床示意

(一) 竹棚架　(二) 小拱棚

1. 芦帘或遮阳网　2. 塑料薄膜　3. 支架　4. 苗床

4. 扦插操作

(1) 生根剂处理

生根剂处理可使菊花扦插苗生根整齐，出根快，根系发达，并减少茎腐病发生。尤其对不易生根的品种，如帅旗、十丈珠帘等，更显重要。生根剂常有水剂和粉剂两种。将 1 克萘乙酸 (NAA) 或吲哚丁酸 (IBA) 溶解在 500 克 95%的酒精溶液中，再加水 9.5 千克配成浓度为 0.01%的药液。插条在药液中浸泡几分钟后既可。用 1 千克滑石粉加 1 克杀菌剂和 2 克萘乙酸 (NAA) 或吲哚丁酸 (IBA) 及少量酒精，搅成糊状，摊开晾干后即可使用，将插条基部伤口在药粉中蘸一下即可。

(2) 扦插管理

插穗要在天气晴朗、有阳光照射、露水已干时采取，最忌雨天或枝条吸水充足时采收，采后放置在阴凉通风处略晾一下，待组织略软后扦插，否则插穗伤口含水量过高，容易腐烂。

扦插株行距采用 8～10 厘米。过密则受光面积不够，不利于菊苗生长。先用竹签打好小洞，再将插穗插入，深度为枝长的 1/2～2/3。插后于植株两侧将土压实，使土与插穗紧密结合，立即浇透水。盖好阴棚，保证湿度。初期每隔 3～4 天浇一次透水，一周后开始愈合生根，此时需加大浇水量。早晚可接受 1～2 小时阳光；2～3 周后形成新根，一般可每 2 天浇一次水，经常保持土壤湿润，除中午遮阴外，其余时间须接受阳光。当幼根长约 2 厘米时最适合移栽。若根太长，移栽时损伤大，幼苗恢复较慢。移栽前可进行炼苗，去除遮阴及适当控水。宜早晚移栽，栽后一周内需适度遮阴，保持空气湿度，待恢复生长后，可用 0.2%尿素或磷酸二氢钾进行叶面追肥，促进其快速生长。

（二）分　株

分株繁殖就是将花后母株的地上茎及根分切成若干株，每株带有 1 个以上新芽，进行扩大繁殖。一般于 11～12 月或翌年清明前后进行。分株繁殖简单易行，成活率高，但是连续分株容易引起品种退化，及易传染母株上的病虫害，植株下部叶易枯黄脱落。故分株苗一般不用于直接培育盆栽菊，而是利用分株苗缓苗快、生长迅速的特点，提供健壮枝条供嫩枝扦插之用，可达到复壮的目的。

（三）嫁　接

嫁接是将一个品种的芽接在另一株生长健壮、适应性强的植株上的繁殖方法。嫁接可保存原有品种的性状，使生长瘦弱、扦插生根慢的优良品种得到保留繁殖。嫁接主要应用于造型菊，如大立菊、悬崖菊、塔菊等，而在切花生产上几乎不用。

1. 砧木选择

嫁接是否成功，首先取决于砧木的优劣。砧木必须具备适应性强、生长健壮、根系发达、植株粗大、与菊花亲和力强等特点，常用的砧木有青蒿、黄蒿、白蒿、艾蒿等，菊花也常以不同的品种作砧木进行嫁接，称为本砧（表8）。

表8 常用砧木性状表

品种	性 状	用 途
本砧	选择当地生长健壮、根系发达的品种。同属间亲和力都很强	适用于生长势弱、生根慢、根系弱的品种
青蒿	一年生，生长慢，分枝细，根部寿命长，接后菊花开花较晚	适用于独本菊
黄蒿	一两年生，生长快，适应性强，易成活，茎秆粗大，高大，分枝多	适用于造型菊、独本菊
艾蒿	多年生，分布广，嫁接亲和力强，易成活。自身枝条软，接后菊花开花较小	适用于造型菊

砧木嫁接部位不宜太嫩或太老，以茎伸长期刚完成的幼嫩部最适合，此时细胞正处于分生状态，愈合能力最强。从茎横截面上观察，中心髓位略显白色为最适合，若髓心发白变空，则太老，再生能力差；若髓心尚未形成，则枝条尚未成熟，都不宜嫁接。所选砧木粗细需与接穗接近或略大。

2. 嫁接方法

菊花常用的嫁接方法有切接、劈接和腹接三种。

①切接：取健壮的接穗，长 6～8 厘米，留 1～2 枚展开叶，下部叶去除，选平直的一面用锋利刀片削去 1/3 左右的木质部，长约 2 厘米，另一面削一小削面，长约 0.5 厘米，形成扁楔形，削面要光滑平整。砧木去除距顶端约 6 厘米的顶梢，选平直的一面，于木质部和韧皮部之间向下直切深约 2 厘米的平滑切口，然后将准备好的接穗的韧皮部对准砧木的韧皮部，顺着切口插入，直插到底，不留空隙，使接穗与砧木的形成层紧密结合。如果无法保证两侧形成层对齐，至少要确保一边形成层靠紧密接。然后用塑料薄膜条自下而上缠好，松紧要适度，捆扎时不要使接穗移位（图 9）。

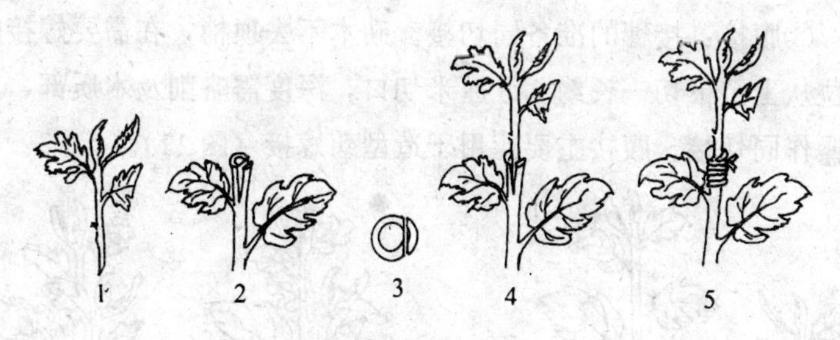

图 9　切接示意图

1. 接穗　2. 砧木　3. 砧木接口横截面　4. 接穗插入砧木
5. 塑料薄膜条缚紧

②劈接：将准备好的接穗用锋利刀片从两侧各削出长约 2.5 厘米的楔形斜面，表面要光滑平整。砧木从横切面中央或略偏一侧剖开，深 2.5～3.0 厘米，将接穗直插入切口，其他操作方法及注意事项同切接。劈接可于一切口上嫁接多色花，如在同一切口内，对面接上两个不同品种的接穗，就可使同一砧木上开两个不同颜色的花。如果将砧木切口切作“十”字形，插入 4 个不同品种的接穗，就可使同一砧木上有 4 个花色出现（图 10）。

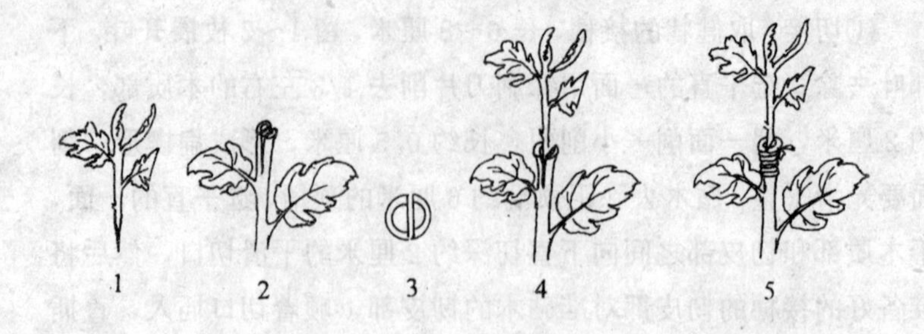

图 10　劈接示意图

1. 接穗　2. 砧木　3. 砧木接口横截面　4. 接穗插入砧木
5. 塑料薄膜条缚紧

③腹接：接穗的准备同切接。砧木不去顶梢，在需要嫁接的部位从上至下切一长约 2.5 厘米切口，深度需略削及木质部，其他操作同切接。腹接主要应用于造型菊嫁接（图 11）。

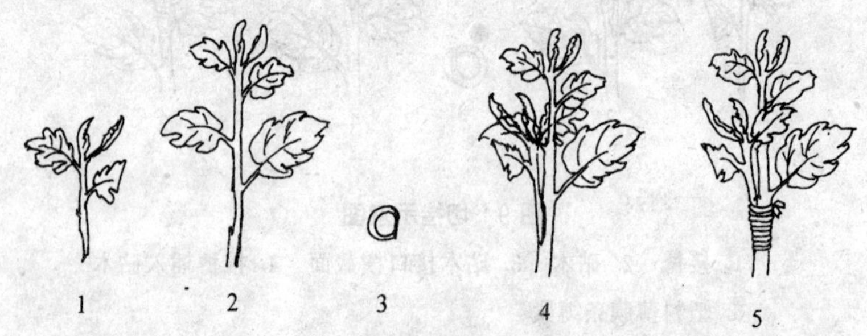

图 11　腹接示意图

1. 接穗　2. 砧木　3. 砧木接口横截面　4. 接穗插入砧木
5. 塑料薄膜条缚紧

3. 接后管理

嫁接好的植株宜适度遮阴，防阳光曝晒，保持一定的空气湿度。接后马上浇一次透水，此后每周浇 2 次，注意浇水时不要浇在接口上。1 周后接穗与砧木间将逐步愈合，形成新的形成层，

2～3周后新叶开始生长，即可去除缚扎的塑料带，进行日常养护管理。

（四）压　条

菊花压条繁殖因其繁殖系数低、操作麻烦而很少采用，只有在特殊情况，如为了获得芽变植株，或当菊株生长过长，需人工矮化时，才采用。压条繁殖又分为高压和埋土压条两种（图 12）。

①埋土压条：菊株接近地面的枝条，在基部堆土或将枝条弯曲压入土中，埋入土中的节下，可刮去部分皮层，有利促进伤口萌发不定根，生根后即可切断成独立植株。

②高压：当枝条位置较高、又无法埋入土中时，常用高压法繁殖。在高压部可适当刻伤或环割 1 厘米宽的皮层，伤口涂上萘乙酸或吲哚丁酸生根粉，用湿润土壤或青苔包围，再用塑料薄膜密封保湿，生根后剪离成独立植株。

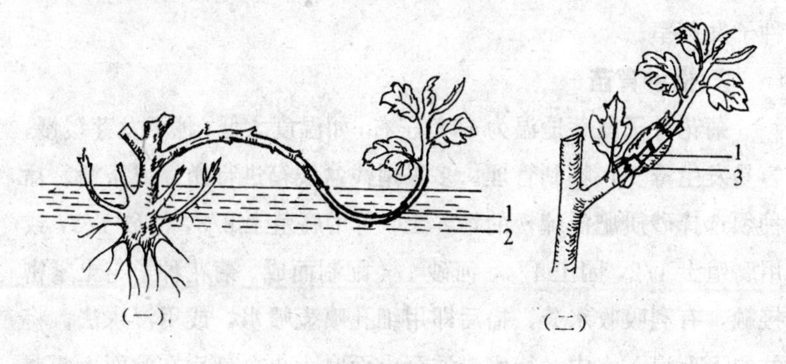

图 12　压条繁殖示意图

（一）埋土压条　（二）　高压

1. 刻伤或环割　2. 土壤　3. 土壤或青苔

（五）播　种

菊花播种繁殖简单易行，繁殖率高，成苗快，一般当年可开花。菊花生理上有高度的自花不孕性，属于雌雄异熟型的异花授粉植物，种子繁殖的后代变异性大，多不能保持母株的固有性状，因此日常栽培很少用播种繁殖，但对杂交培育新品种却是非常有利的因素，常能从众多变异中选拔出优良品种。

1. 种子采收

菊花种子约需 45～48 天才能成熟，12 月中旬后种子便相继成熟，当花序梗逐渐变黑干枯后剪下，放入室内再挂半个月风干，以促进种子后熟，然后晒 1～2 天，再脱粒，把种子和残余花瓣分离，簸去杂物，将清洁种子装入小纸袋中贮藏于低温干燥处。菊花种子无明显休眠期，有些品种花期较晚，种子要到 4～5 月才成熟，此时温度已能达到种子发芽的要求，种子即采即播，能提高种子发芽率。

2. 播种育苗

菊花种子发芽适温为 15℃左右，如温度太低，种子发芽缓慢，容易发生霉变，不利管理。多采用浅盆浅箱进行撒播或条播。播种须选择砂质肥沃疏松的培养土，可用腐殖土 2/3，河砂 1/3，或用腐殖土 1/2，园土 1/4，河砂 1/4 配制而成。菊花种子与土紧密接触，有利吸收水分，播后即用细孔喷壶喷水，或用浸水法，将盆的下部浸入水中，待水渗透至土面时为止。最后在盆面上覆盖玻璃或报纸等，以减少水分的蒸气和土面板结，并起保温作用。每天打开 1～2 次，通风换气，并检查湿度。在 12℃的条件下，约需 10 天即可发芽。出苗后立即除去覆盖物，逐步接受阳光，光照不足易使幼苗徒长。每 2～3 天浇水 1 次，适当控制水分，太湿易发生幼苗瘁倒。当幼苗长至4～5片真叶时，可进行移植。定植时要根据情况淘汰瘦弱的幼苗，但在杂交育种时要特别注意，有些苗期生长弱小、或出苗较迟的植株往往是优良品种，要细心观察选择。

（六）组织培养

菊花的组织培养主要用于品种的快速繁殖、优良品种去除病毒和复壮；在育种工作中可以用试管方法保存大量的育种材料和品种；用分部培养的方法，分离和选育新品种等，因此，组织培养已成为育种重要手段之一。

适用菊花的培养基种类很多，但普遍采用MS培养基，对激素的添加量要求不很严格，适用范围较广，有BA（0.5～2.0）毫克/升＋NAA（0.05～0.50）毫克/升；KT2.0毫克/升＋NAA0.02毫克/升等。菊花能作外植体的器官很多，主要依培养的目的来选取，如以快速繁殖为目的，可选茎尖或侧芽；以育种为目的，可选用花瓣；以脱除病毒为目的，须用茎尖；以形态学研究为目的，则可选用各种器官。选取菊花的茎尖（小于0.5毫米）、嫩茎（切成3～5毫米）、花蕾（直径1厘米，主要用基部）或叶片（切成边长1.0～1.5厘米的方块）接种，每天光照时数12～16小时，光强1000～4000勒克斯，室温22～28℃均可，但以24～26℃最好，一般经4～6周即可诱导出愈伤组织或嫩芽。当嫩芽长有4～5片叶时，切取3厘米左右嫩茎转插到半量的MS培养基＋NAA（或IBA）（0.5～1.0）毫克/升的生根培养基中，经2～4周即可100％生根。带根小苗移栽成活率很高，但应注意小苗从无菌环境过渡到带菌环境时抵抗力较差，易受病菌感染，移栽时先用浓度为0.1％的甲基托布津液消毒15分钟，再植入经灭菌的培养土，初期需保持较高湿度，2～3周内即可长出新根新叶，经上盆换盆后可移出室外，按日常要求进行管理。

组培苗的生长势普遍比扦插苗好，表现出提纯复壮的优势，且繁殖系数大，在菊花鲜切花生产中已广泛应用，但家庭养菊中应用较少。

六、立菊栽培技艺

立菊一株数花，依传统习惯，花朵多培育成单数，一般3、5、9、11朵较常采用。为了提高观赏价值，通常利用各种栽培技巧控制菊花生长高度，培育出矮壮丰满的立菊。

（一）盆的选择与培养土配制

1. 选盆

立菊栽培通常选用素烧的泥瓦盆，购买方便且价格低廉。泥瓦盆透气性好，有利根系生长，苗期可选用小口径花盆，根据生长情况，逐步更换成大口径花盆。定植盆的大小，依开花时的株丛大小决定，原则上植株底部叶片应完全遮盖住花盆的表面，不露土层，整体协调匀称。塑料盆或瓷盆美观大方，但其透气性差，在生产上较少使用，一般于布置展览时使用。

2. 培养土配制

俗话说“养花先养土”。配制肥力充足、疏松透气、排水性良好的培养土是种好盆栽菊的关键。

培养土的配制可根据各地区的实际条件，就地取材，配制成厩肥土、腐叶土、草炭土等。

①厩肥土：厩肥土主要由家畜厩肥经发酵腐熟沤制而成，以羊、马、鸡、鸭粪制成者较疏松，以牛、猪粪制成者比较粘重。取土表15厘米以下的田园土（此处的园土没有杂草种子，较少病虫害寄生）1份，上盖1份厩肥，其上再盖1份稻草或蒿秆，每层加

入适量呋喃丹和碳酸氢铵（加快植物分解），如此反复堆制成馒头形，用粪肥水浇透后，用泥土封严，再用塑料薄膜遮盖压实，使其经高温发酵。肥堆上每隔 1 米打一通气孔，适量氧气有利微生物分解，加快发酵腐熟。一个月后翻开捣拌一次，若太干燥，需加入适量水分，重新堆制；加盖薄膜，保温，防雨水冲淋，此后每半个月翻拌一次。高温季节，经过两个月即可完全腐熟。是否完全腐熟，可根据厩肥土有无臭味来判断。完全腐熟的厩肥土质地疏松，没有臭味。未完全腐熟的厩肥土容易伤根，不宜使用。腐熟土用 1 厘米网眼的铁丝网过筛后即可随时取用。厩肥土主要成分是腐殖质，呈酸性反应，含有丰富的养分，吸肥吸水性强。

②腐叶土：腐叶土取自森林地带的表土，由常年累积的落叶堆积腐烂而成。也可自行收集落叶堆制，于秋季收集，以落叶阔叶树最好，针叶树及常绿阔叶树的叶片含革质较多，不易腐烂。腐叶土所含养分丰富，呈酸性反应，土质疏松，为粘重土壤的疏松剂。使用时可按腐叶土 4 份、田园土 5 份、河砂 1 份的比例配制。

③江浙山泥：江浙山泥俗称兰花土，是江苏浙江等地山区出产的天然腐殖土，偏酸性、疏松、透气、蓄水，并含腐殖质。

④广东塘泥：广东塘泥是华南地区较肥沃的池塘泥坨，被广泛用作栽培基质，质地坚硬，有良好的抗旱耐涝作用。

培养土配制材料还有砻糠灰、草木灰、黄泥、河泥等，各地不尽相同。近年来，也有使用无土栽培的方法培育立菊，基质多采用蛭石和珍珠岩，具有质地疏松、呈颗粒状、保肥、保水、排水通畅等特点。无土栽培的盆栽菊有分量轻、便于运输、病虫害少、清洁卫生等优点，但需具备一定设备，生产成本较高。

（二）上　盆

选用口径 15 厘米左右花盆定植菊苗，用一块或两块碎盆片搭放在盆底排水孔上，碎片凹面朝下，填入2～3厘米厚的粗砂粒、碎盆片或煤渣作排水层，其上再覆盖一层培养土备用。以左手持苗于盆内培养土正中，添入适量培养土并以手轻轻压实，使根系与土壤密切联系。填土不要太多，盆口与土面应留有1～2厘米的水口，种植完后立即浇透水（图13）。

菊花根系发达，当根群充满盆内土壤、无伸展余地、有部分根系自排水孔伸出时，表明小盆已限制其生长。应逐步换成较大盆，扩大根群的营养容积。换盆时，先用手轻拍花盆外壁，使菊花根群土团与花盆内壁分离，再用左手食指与中指按置于菊株基部，将盆倒置，用右手轻扣盆边，或将盆边向其他物体轻扣，土团即可倒出。土团倒出后，去除原来作为排水层的粗大颗粒，可适当剪除部分老根，注意不要使土团松散破裂。将土团放入已准备好的新盆正中央，四周填入培养土，轻轻压实后浇一次透水，使原土团与新土密切结合。

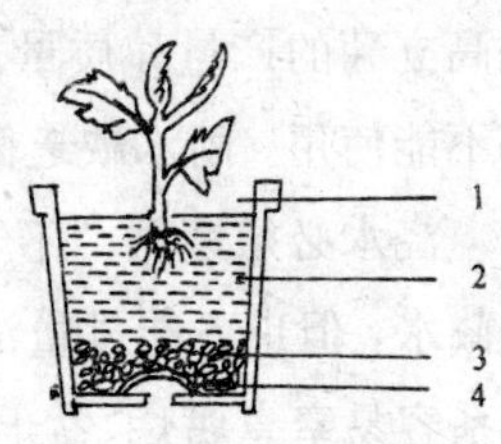

图13　上盆示意图

1. 水口　2. 培养土
3. 排水层　4. 碎盆片

为使盆菊矮化，上盆时可采用盆底深栽的办法，移栽前先于盆中放入少许培养土，将菊苗尽量深栽，仅培土10厘米深，可使菊苗生长缓慢，随苗生长情况，不断在四周添加培养土，直至离盆口3厘米。这样分次填土，可逐段生根，增强生长势，并可使植株矮化，把露脚的茎基部埋于土中，提高观赏价值。

（三）浇　水

栽培立菊，对浇水的水质要求较高，必须清洁，无污染。一般认为自来水应放置数日，待氯气味消散后才使用，其实符合饮水标准的自来水即可直接使用。符合饮水标准的自来水氯含量不能超过200毫克/升，其pH值上限不允许超过8.5，这种浓度的氯和pH值通常对植物无害。从深井抽取而未经处理的自来水，应注意其盐含量，若pH在8.5以上，应加入磷酸二氢钾（每10千克水中加入1克）进行改良，既降低酸碱度，又补充磷、钾元素，提高立菊的产量和质量。含重金属的工业污水、不清洁的泥塘水，都不能使用。雨水缺乏微量矿质元素，易受空气污染，最好不用。

浇水必须遵循“不干不浇，浇则浇透”的原则。盆栽最怕浇半截水，但也不能过量浇水。如果土壤水分长期饱和，土壤缺氧，根系容易窒息腐烂。盆土的干湿情况可用手指叩击盆壁来判断，发音重浊者盆土潮湿，发音清脆者盆土干燥。如果盆土与盆壁脱离，则已严重缺水。

浇水时应把水沿盆壁缓慢浇到盆中，不可过急，不可冲起泥水溅到脚叶上，否则脚叶容易脱落，也易传播病虫害。可在盆面上覆盖缓冲物，如树叶、稻草等，这样既可防止带泥雨水溅到脚叶上，还能防止水分蒸发太快，可保持盆土潮湿，夏季能降低盆面温度。

为避免菊苗徒长，达到矮化效果，在整个营养生长时期控制浇水是十分必要的。天晴时，于早晨8～10点浇水最佳，此时的浇水量等于盆土水分日蒸发量和菊株蒸腾量之和，下午即使叶片略有蔫萎也不要补水，到晚上露水出现后，气温降低，蒸发减少，萎蔫的叶片便能恢复原状。清晨和黄昏是植物生长的两个高峰，不宜浇水，特别是傍晚5点以后严禁浇水，否则易徒长。在炎夏高温时期，可适当增加湿度，于下午3～4点用喷壶对叶片喷水。在花芽分化期，必须扣水，有利花芽分化，花蕾形成后适当增加浇水量，仍以早上浇水为佳，若此时水量不足，将影响花蕾膨大；但若浇水量过大，又会引起枝的上端未半木质化部分和花梗的徒长。

（四）施 肥

菊花为喜肥植物，根据不同生长发育阶段的需要，要及时施肥，掌握“薄肥勤施”的原则适当控制肥水。移植初期小苗生长缓慢，应少施肥，每月浇1～2次稀薄肥水即可。夏季高温，暂停施肥，或减少次数，并降低肥水浓度，以防高温引起肥害。8～9月份后菊花生长迅速，最后一次摘心后应加大施肥量，每3～4天浇肥一次，增施氮肥，可用2‰～3‰尿素液进行叶面喷施，每周

但花芽分化期必须停施氮肥，增施磷钾，促进花芽分化。可磷、钾 酸二氢钾进行叶面喷施，每周一次，或用1000倍磷显色为止。 每2～3天一次。花蕾形成后，需同时补充氮、

菊花对氮、磷、钾需求 和施肥量，每2～3天一次，直至花蕾量元素。微量元素需求量少，一般土壤中 时补充，但也不能忽视微性大，一旦发现缺素症，需及时以根外追肥的方式给予补充，7～ 但不同地区差异10天一次，连续喷2～3次。

不同菊花品种对施肥量的要求不同，需区别对待。一般球型花或莲座型花需肥量大，细管瓣或单平瓣花需肥量少。绿菊怕大肥，在孕蕾期内不需再追肥，特别避免使用磷肥。

（五）摘 心

摘心即摘除菊株的顶梢部位，打破顶端优势，促进侧枝萌发，增加开花数，使菊株分布均匀，体形丰满美观。摘心还可起到降低植株高度、调节开花日期的作用，摘心可根据摘除部分的成熟

度，分为拔顶芽、摘嫩尖和除幼梢，不同的摘心方法所起作用和效果也各不相同，要根据实际情况灵活掌握（表8）。

表9 摘心类型比较

方式	摘除部位	操作方式	摘除效果
拔顶芽	枝顶叶尚未展开以上部分	用镊子夹住芽头拔除	枝梢萌发速度快，数目多，但较细、弱
摘嫩尖	摘除枝顶正在展开的两片叶及以上部分	用手指折断	效果介于拔顶[illegible]和除幼梢之[illegible]常用的[illegible]
除幼梢	摘除枝顶2片已完全展开的叶及以上部分	用手指折断或用经消毒的[illegible]剪断	[illegible]壮

立菊栽培传统的摘[illegible]是当苗高10～13厘米时，留下部4～5叶摘心，当侧[illegible]长出4～6叶时，留2～3叶摘心。摘心次数没有定量，根据所需留花头的数量来决定。最后一次摘心必须在立秋前后4～5天完成，如摘心太迟，易形成柳芽。

摘心是人工控制立菊高度、达到矮化目的最有效的方法之一。当菊苗生长至5厘米高时，用镊子拔去菊苗顶芽，只保留基部两片叶，降低菊苗的分叉点。以后每当分枝生长到5厘米时就拔除顶芽，直到立秋前后最后一次拔除。这期间拔顶芽次数越多，发枝的起始高度就越低，且分枝越多。当菊花定头时，便有充足高矮整齐、分布均匀的健壮枝条供选择。

通过延迟最后一次摘心时间，也可起到矮化目的，一般不超过立秋后10天。但此法风险性较大，形成柳芽概率较高，影响立菊培育。

（六）除 芽

菊花停止摘心后，进入旺盛生长期，腋芽便会萌发，并迅速
形成大量侧枝，破坏株形，开花虽多，却瘦弱单薄，降低
……故侧芽应及时摘除。当侧芽生长至1厘米左右为最佳
……早不便操作，过迟则消耗养分，还会在叶腋间留下
……除芽一次无法彻底，应坚持每天巡视，及时清

……蕾

菊花现蕾后，主……蕾，依品种和生长情况不同，有数个至数十个不等。……足养分、将来开花硕大，应及时抹除侧蕾。侧蕾长至黄豆粒……各约0.5厘米时，各侧蕾间已生长至略有松动，此时为最佳抹蕾时……容易抹除又不会伤及叶片。若抹蕾太迟不但消耗大量养分，影响主蕾开花，还容易在叶腋间留下残梗，降低整体观赏价值。

抹蕾时应一手扶住菊株，不使晃动，再用另一手的食指轻压侧蕾，稍微向一侧用力，或用小竹签刺住侧蕾，轻轻一捅，即可去除。操作时应细心，不要伤及主蕾，如果操作者技术谙熟，可于侧蕾更小时进行，有利养分集中供给主蕾。

抹蕾无法一次完成，随侧蕾生长，需多次进行。侧蕾生长迅速，抹蕾工作相对较集中，应多用心，不可疏忽，要及时抹除。

(八) 立 柱

为防止菊株生长弯曲，避免大风暴雨折断和

柱。用小竹竿插入盆中需固定的菊株后，每株标，高

竹竿的高度应比该品种高度略高 5～10 厘 进行最后一次

长高，无法起固定作用。小竹竿涂成绿 高于花头部分在花托

较美观。用细绳交叉固定小竹竿 固定。捆扎好的菊株，从正面

作时适当调整植株高度，太高

矮统一，整齐美观。至花

调整，以使菊株茎秆

之下剪断，同时在

应几乎看不到

(九) 支 架

菊花花朵硕大，为防花梗无法支撑而折断，需做花架托在花序下方。同时花托还可防止盛开时花瓣过于下垂，保持花形整齐，尤其是花瓣细长的管瓣品种，如“光芒万丈”、“桃花线”等，更是不可缺少。

花托可用 20 号铅丝制作，盘成如蚊香状的圆圈，直径依菊花花头的大小决定，中央向下留一段长 20 厘米的柄作固定之用。当花蕾初开时即把花托套入，使花梗处于花托中间，将花托固定在小竹竿上，距花序下方 6～10 厘米，以便花序外轮花瓣有充足的空间自然下垂，飘逸美观，尽显本色。花托不能过大，固定时要不露痕迹，千万不可喧宾夺主（图 14）。

（四）施　肥

菊花为喜肥植物，根据不同生长发育阶段的需要，要及时施肥，掌握“薄肥勤施”的原则适当控制肥水。移植初期小苗生长缓慢，应少施肥，每月浇 1～2 次稀薄肥水即可。夏季高温，暂停施肥，或减少次数，并降低肥水浓度，以防高温引起肥害。8～9 月份后菊花生长迅速，最后一次摘心后应加大施肥量，每 3～4 天浇肥一次，增施氮肥，可用 2‰～3‰尿素液进行叶面喷施，每周一次。但花芽分化期必须停施氮肥，增施磷钾，促进花芽分化。可用 2000 倍磷酸二氢钾进行叶面喷施，每周一次，或用 1000 倍磷酸二氢钾液浇灌，每 2～3 天一次。花蕾形成后，需同时补充氮、磷、钾肥，并加大施肥浓度和施肥量，每 2～3 天一次，直至花蕾显色为止。

菊花对氮、磷、钾需求量大，要及时补充，但也不能忽视微量元素。微量元素需求量少，一般土壤中不缺，但不同地区差异性大，一旦发现缺素症，需及时以根外追肥的方式给予补充，7～10 天一次，连续喷 2～3 次。

不同菊花品种对施肥量的要求不同，需区别对待。一般球型花或莲座型花需肥量大，细管瓣或单平瓣花需肥量少。绿菊怕大肥，在孕蕾期内不需再追肥，特别避免使用磷肥。

（五）摘　心

摘心即摘除菊株的顶梢部位，打破顶端优势，促进侧枝萌发，增加开花数，使菊株分布均匀，体形丰满美观。摘心还可起到降低植株高度、调节开花日期的作用，摘心可根据摘除部分的成熟度，分为拔顶芽、摘嫩尖和除幼梢，不同的摘心方法所起作用和效果也各不相同，要根据实际情况灵活掌握（表8）。

表9 摘心类型比较

方 式	摘除部位	操作方式	摘除效果
拔顶芽	枝顶叶尚未展开以上部分	用镊子夹住芽头拔除	枝梢萌发速度快，数目多，但较细、弱
摘嫩尖	摘除枝顶正在展开的两片叶及以上部分	用手指折断	效果介于拔顶芽和除幼梢之间，是最常用的方式
除幼梢	摘除枝顶2片已完全展开的叶及以上部分	用手指折断或用经消毒的剪刀剪断	枝梢萌发迟，数目少，新枝粗壮

立菊栽培传统的摘心方法是当苗高10～13厘米时，留下部4～5叶摘心，当侧枝长出4～6叶时，留2～3叶摘心。摘心次数没有定量，根据所需留花头的数量来决定。最后一次摘心必须在立秋前后4～5天完成，如摘心太迟，易形成柳芽。

摘心是人工控制立菊高度、达到矮化目的最有效的方法之一。当菊苗生长至5厘米高时，用镊子拔去菊苗顶芽，只保留基部两片叶，降低菊苗的分叉点。以后每当分枝生长到5厘米时就拔除顶芽，直到立秋前后最后一次拔除。这期间拔顶芽次数越多，发枝的起始高度就越低，且分枝越多。当菊花定头时，便有充足高矮整齐、分布均匀的健壮枝条供选择。

通过延迟最后一次摘心时间，也可起到矮化目的，一般不超过立秋后10天。但此法风险性较大，形成柳芽概率较高，影响立菊培育。

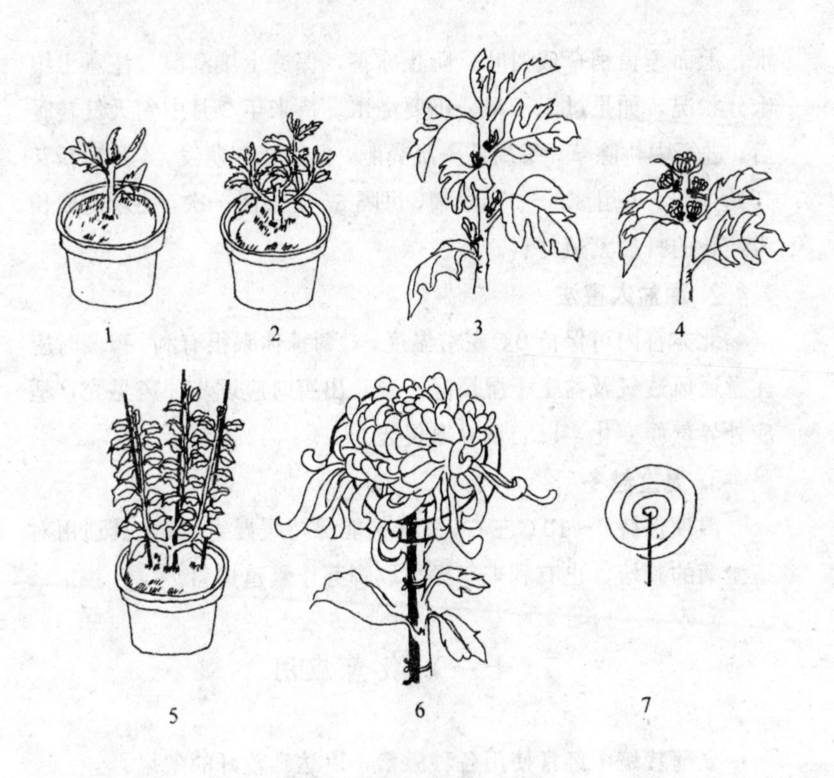

图14　立菊栽培操作步骤

1. 摘心　2. 定头　3. 除芽　4. 抹蕾　5. 立柱　6. 支架　7. 花托

（十）越冬管理

菊花为宿根性植物，比较耐寒，在南方地区可露地越冬，但在淮河以北冬季严寒，需采取各种保护措施，才能越冬。

1. 全株土埋法

菊花凋谢后，在距基部10厘米处剪去干枯的枝叶，选择生长健壮、无病虫害、多脚芽的优良植株，脱去原盆，栽于背风、向阳、排水良好的畦中。定植要比原土球略深3～4厘米，浇一次透水，上面覆盖稻草或树叶，防止冻害，保持土壤潮湿。注意土壤水分状况，如果过于干旱，仍要浇水。待来年 3 月中旬天气转暖后，进行中耕除草，每周施一次粪肥，促进新芽萌发，4 月后新芽开始生长，可用 3‰～5‰尿素，每隔 5～7 天浇一次，使新苗成长为健壮的扦插繁殖材料。

2. 原盆入窖法

北方窖内可保持 0℃左右温度，对菊株休眠很有利。窖藏时应注意通风透气及盆土干湿情况。春暖出窖时应逐步通风见光，适应外界气候变化，以防倒春寒侵袭。

3. 温室越冬

温度保持 0～10℃左右，菊株仍能保持缓慢生长，尤其适用对造型菊的栽培，也有利来年提早取脚芽作繁殖材料。

（十一）激素应用

立菊栽培中经常使用各种激素，以达到较好的效果。

1. 生长素

生产上常使用人工合成的生长激素萘乙酸（NAA）和吲哚乙酸（IBA），有水剂和粉剂两种。将菊花插条基部浸于 IBA 0.006％或 NAA 0.012％的溶液中几分钟或蘸一点 0.1％～0.2％的粉剂，可使插穗提早 1/3 时间出根，且生根整齐发达，成活率达 95％，对于难生根品种尤其有利。

2. 细胞分裂素

细胞分裂素是一类嘌呤衍生物，化学合成物有激动素（KT）、6-苄基氨基嘌呤（6-BA）等，在菊花培育中起如下两个作用。

①促进菊叶中腋芽的迅速萌发：因种源不足需增加繁殖量，必须缩短菊花的培养期，或推迟扦插期、但又要确保正常开花期时，

常采用5×10^{-6}的6-BA在拔光生长点后喷苗顶部叶腋，此后每次摘头后均喷$5\times10^{-6}\sim15\times10^{-6}$的6-BA，浓度逐步递增，效果良好。

②延缓菊叶的衰老：当菊花花蕾露色时，用6-BA以0.005%喷湿全株，特别是基叶的正反两面，可达到延缓基叶衰老、延长观赏期的效果。

3. 赤霉素

在菊花培育中主要应用赤霉素GA_3及GA_4、GA_7，作用如下。

①增强难养菊花的生长势。使用浓度为0.01%的萘乙酸溶液，再加入浓度为0.0025%的赤霉素，处理菊花插条，可使生根多且粗壮，移栽时，用0.002%的赤霉素溶液蘸根，可很快恢复生长势。

②促进花蕾提前开放。当菊蕾绿豆大小时，使用浓度为0.01%的赤霉素溶液点刷，当花蕾膨大快显色前，使用浓度由0.01%逐渐递增到0.04%，并增加注入量，以花头上不淌出为度，这样可提早一周开放。

③由于使用矮化剂后，某些品种植株过矮，叶形狭长而小，不能产生花芽分化，可用浓度0.0025%的赤霉素喷施，使其恢复高生长和花芽分化。

④增加植株高度。当菊株出现过矮枝时，可在此枝叶上喷施0.0005%～0.001%浓度的赤霉素等溶液，来调整枝条生长势，使植株高矮一致。在切花生产中，常使用0.003%～0.01%浓度的赤霉素，以增加枝长，提高切花品质。

4. 矮化剂

菊花生产中普遍使用矮化剂，以控制盆菊高度，使其秆壮叶茂，花大梗短，提高观赏价值。在菊花上试用过的矮化剂有矮壮素（CCC）、嘧啶醇（A-Rest）、多效唑（PP_{333}）、比久（B_9）、菊壮素（ADOPB）、烯效唑（S-07，S-327）等，其使用方法如表10。

表10 矮化剂使用方法

种类	使用浓度	使用方法	优缺点
CCC		叶面喷施	对菊花有明显作用，但其浓度难掌握，且易产生药害，现已很少使用
A-Rest	0.01%～0.02%	灌根或喷叶	用量省，药效期长，喷洒一次即可，但使花期略延迟
PP_{333}	0.01%～0.08%	常用于灌根，生长前期施用效果好	有很强矮化作用，品种间敏感度差异大。有用量少、费用省、作用强的优点。如使用过量，会使菊株矮缩成莲座状，节间不延长，无法开花
B_9	0.25%～0.5%	叶面喷洒	不易产生药害，普遍使用，但用药量大，成本高，药效短，一般2～3周应重复一次。高温下更易分解，效果较差，宜用高浓度
ADOPB	0.01%～0.025%	灌根或喷叶	矮化效果好，用量少，在高温环境下效果更优
S-07	0.01%	灌根或喷叶	效果明显，用量极少，无毒

七、造型菊栽培技巧

经过嫁接、剔、剪、牵、扎等手法，培育成各种艺术造型的艺菊，统称为造型菊。造型菊有大立菊、独本菊、悬崖菊、塔菊、案头菊、盆景菊等。造型菊艺术体现了一种中国菊的文化，源远流长，带来无限美的享受。

（一）大立菊栽培

以单株菊花，通过摘心、定头、分头及绑扎等手法使百朵至数千朵花按一定规律整齐排列成弧面圆盘形或半球形的大型菊株，称为大立菊。培养大立菊，要求枝叶茂盛，少露支架，花朵大小相近，排列整齐，主干伸展位置适中，没有缺花，花头向上，且花期基本一致。

1. 品种选择

依照大立菊的造型要求，应选择植株生长健壮、根系发达，分枝性强、枝秆细长、易于造型攀扎、花朵大小适中、花梗较长、开花耐久的品种。我国常用品种有：绿云、麦浪、泉乡银扇、金创云、金鱼鳞、霜满天、红托桂、黄石公、碧玉、染紫荷、凤凰振羽、白浪卷沙、胜似春光、墨荷、金波涌翠、飞珠散霞、黄罗伞等。

2. 培育方式

大立菊可用分蘖苗或嫁接苗培育。大立菊培育时间较长，需1～2年，技术要求较高。

（1）分蘖苗

11 月底至 12 月上旬，选取远离母株、靠近盆边的健壮脚芽，带部分根茎切下，长 7～8 厘米，用培养土栽植于 15 厘米盆口，北方地区需在温室内越冬，保持通风透光，追施稀薄肥水，使幼苗生长茁壮。

（2）嫁接苗

头年秋天培育黄花蒿作砧木，幼苗盆栽于 15 厘米口径的盆中。寒冷地区霜降后移入温室，保持 10～15℃，使其继续生长。温暖地区可放在室外阳光充足处适当施稀薄肥水，有利壮苗。大立菊有单头嫁接和多头嫁接两种方式。

单头嫁接多用于花朵数较少的小型立菊上，砧木高约 10～15 厘米时，在距地面 3～5 厘米去头，采用劈接法嫁接。砧木切口一定要充实，嫁接高度尽量接近地面。注意保留接口以下的营养叶，以利光合作用。接好后套塑料袋，保持空气湿度，一周后即可摘除，接穗成活后及时去除绑扎物。

多头嫁接常用于要求花数较多的大中型立菊。当砧木高 20～30 厘米时摘心，促使萌发大量侧枝，待侧枝生长至 10～15 厘米时，将各枝在距茎部约 5 厘米处去头嫁接。培养千朵以上的特大立菊，砧木不摘心，任其生长，分生侧枝。当侧枝长达 50～60 厘米时，分次在近顶部嫁接。下端侧枝生长较旺盛，除顶枝外，生出的二次分枝也要嫁接，最终接穗的数量将达 30 个以上。嫁接完成后，剪除砧木的顶枝，促进接穗快速生长。

嫁接最宜在 3 月以前完成，如嫁接太迟，将缩短接穗营养生长期，减少摘心次数，不可能获得足够的花枝，无法培育出特大立菊。

3. 肥水管理

大立菊植株大，叶面积大，需消耗大量水分，春秋两季不可缺水，要常保持盆土湿润。夏季高温干燥时，要加强叶面喷水，增加空气湿度。暴雨时要注意排水防涝，盆土不可积水。

大立菊生长旺盛，开花量多，需充足营养才能达到要求。首先每次换盆必须用肥沃的营养土，在盆四周添加腐熟的饼肥、骨粉、马蹄片等。此后生长过程中仍需要不断追肥。每10天施用一次有机肥液，每7天叶面喷施一次0.1%磷酸二氢钾和0.2%尿素混合液。花蕾透色后停止施肥。

4. 摘心定头

培养大立菊需经过多次摘心，才能促生大量侧芽，为增加摘心次数，获得足够的花枝，可采用拔顶芽技术，能有效缩短每次摘心的间隔时间。当菊芽长至12～15厘米时第一次摘心，用镊子夹住枝顶叶尚未展开以上部分，轻轻拔除。操作时要细心，不可伤及周边幼叶和嫩茎。第一次摘心后，约经10天左右，菊苗顶部会整齐萌出数枝新枝，选择分布均匀的3～5枝壮芽，其余全部抹除，使养分集中供应。当新枝长至4～5片叶时，此时距第一次摘心约20天，进行第二次拔顶芽，间隔时间可比传统摘心方法缩短5～10天，此后每隔20天左右，当新枝长至4～5片叶时即拔除顶芽，每次留3～5个新枝，分枝强壮者可多留1～2枝，细瘦者可少留1～2枝，其余全部抹除，不可求多，影响植株旺盛生长，以致开花弱小，更得不偿失。最后一次摘心需在立秋左右完成，最迟不能超过立秋后5～10天。并且最后一次摘心需在同一天完成，使花期整齐一致。依据所培养大立菊的开花数量，决定摘心次数，每一次摘心后可使枝数增加2～3倍，一般摘心5～8次。采用拔顶芽技术摘心，可使摘心次数达到8次以上，大大增加花头数量，更易完成数千朵花的超大立菊的造型。

5. 换盆

培养大立菊要经过多次换盆，当菊苗长至将要第一次摘心时，可换入口径20厘米盆中，此后根据菊株长势来决定换盆时间，当根系充满盆内、并有少量须根从排水口伸出，或者菊株的冠幅大大超过原盆的口径时，就应换成更大一号盆。至8月上旬依所培育植株的大小来决定最后定植盆的口径，通常开200～300朵花者需用60厘米口径盆，开500朵以上者需用70厘米口径或更大的盆。在设立支架前，即应换入最后定植盆，设立支架后不便换盆操作，因为容易折断枝条，破坏株形。

小型立菊栽培可采用套盆技术，操作简便易行，效果良好。菊苗第一次摘心后于3～4月定植于高床内，施入充足基肥。套盆在5月中旬进行，选口径40～50厘米的盆，将盆底排水口扩大至10厘米。套盆时，先用纸将菊株顺势圈成筒状，从10厘米盆底口中穿出，将盆套上，逐步添加培养土。如果是嫁接苗，且接口过高，可套两层盆，即下面盆的盆底全部去除，套在植株上，添加一定高度的培养土，再以如上方法套第二个盆，这样植株可形成三层根系，增强长势，又可避免“露脚”现象。出圃前10天左右，从土表面切断根系，应选在傍晚或阴天进行。此时根系减少，吸收减弱，容易出现失水萎蔫现象，需加大浇水量，保持盆土潮湿，并且不间断地向叶面喷水，增大空气湿度。

6. 疏蕾调节

大立菊花朵大小相近，花期一致，必须通过多次疏蕾，调节花蕾发育进程来达到要求。剥蕾自9月下旬现蕾开始，至10月中旬结束，分3～5次进行。主蕾大者需多留侧蕾，分散养分，推迟开花；主蕾小者需少留侧蕾，或不留，以便养分集中，促进主蕾发育。第一次剥蕾至关重要，可根据实际情况把主蕾大小分为4级，最大一批主蕾称一级蕾，次大的称二级蕾，较小的称三级蕾，最小的称四级蕾。一级蕾留3～4个侧蕾，二级蕾留2～3个侧蕾，三级蕾1～2个侧蕾，四级蕾不留侧蕾。待四级蕾长至与三级蕾同大时，剥去三级蕾的侧蕾，待三、四级蕾长至与二级蕾同大时，分批剥去二级的侧蕾。依此类推，分期分批剥去各级主蕾的侧蕾，最后仅留各级大小基本一致的主蕾，待花开时，它们的花型和花期便能基本一致，整齐美观。

7. 绑扎

定头后，对中、高秆品种，如“金创云”、“岸的赤星”等，可先用 PP_{333}、B_9 进行矮化处理，适当控制高度。大立菊中心高度一般距地面 1.5 米以下，小立菊高 1 米以下。第一次摘心后，所留的侧枝即为主枝，应向四方牵引固定在四方形支架上。随着植株不断生长，待枝条长至 40～50 厘米时，设向外扩展的六角形支架，用 14＃铁丝进行缠绕攀扎，借助铁丝的支撑力，将长枝条拉向中央固定，短枝条引向外围。根据植株大小，还可设立第三层向外扩展的八角形支架，继续用铁丝攀扎牵引（图 15）。个别枝条太长，可采用针刺、捏劈、弯曲，或花梗处涂抹 B_9 等方法控制高度。设立支架时，应中间高，四周略低，为将来绑扎成圆盘状或半球形打好基础。花蕾显色前，需做最后固定工作，即把花头按一定规律整齐地绑扎在花圈架上。先用细竹片做成直径不等的圆环，每个圆环直径相差距离依花朵盛开时花头大小决定。花圈架先用宽

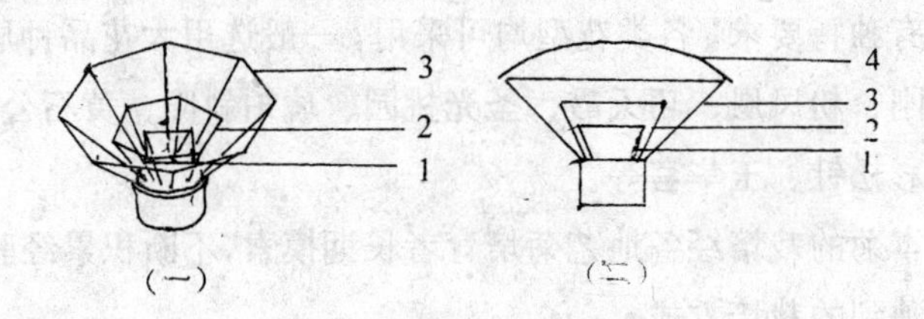

图 15　大立菊支架制作

（一）透视图　（二）剖面图

1. 第一层四方形支架　2. 第二层六角形支架

3. 第三层八角形支架度　4. 弧形花圈架

3厘米左右的竹片，在原有的支架上交叉固定。花圈架高度依所培育植株的要求来决定。主骨架扎好后，再把已准备好的圆环固定在上面，构成以菊株为中心的一系列同心圆，将枝条依长度疏密适度地绑扎在每个同心圆上，固定好的花蕾应高出花圈7厘米，有利花朵舒展开放，操作时应由里至外，既能使花朵整齐分布均匀，又不容易损伤。

每次绑扎前，应适当控水，使枝条略萎蔫柔软，便于绑扎，又不易折断枝条。绑扎完后立即浇透水。

（二）独本菊栽培

独本菊是全株仅开一朵花的盆栽菊。独本菊为传统的栽培方式，因其养分集中，花朵在色泽、姿态和花型大小等方面最能体现该品种特性，在鉴定品种及品种展览上常采用独本菊形式，又被称为品种菊和标本菊。

独本菊要求株型与花盆比例协调匀称，花大色艳，花头向上有力，植株高矮适中，健壮挺拔，粗细均匀，叶片青翠，不脱脚(脱脚即茎秆下部无叶，影响观赏)，没有病虫害感染。独本菊对品种没有独特要求，各类花型均可采用，一般选用大花品种居多。如新金刚、粉凤凰、巧天霞、圣光桃园、琥珀斜阳、黄石公、帅旗、银彩松针、玉华宫等。

独本菊的栽培经各地艺菊培育者长期摸索，不断积累经验，形成许多独到的栽培方式。

1. 直接盆栽法

这是最普通常用的栽培方法，将菊苗定植盆中，经换盆、抹芽、疏蕾、立柱、直至开花。其栽培管理方法可参照立菊栽培技艺部分。若定植的是嫁接苗，应将嫁接口位于盆口之下，经换盆添土后，将接口埋入土中。

直接盆栽法省工简捷，但从扦插到开花，生长期较长，下部叶容易老化脱落，出现露脚现象，降低观赏价值。对于生长势弱的品种，或枝秆较高的品种，或枝秆细弱的品种，较难表现出其整体的优良性状，需用改良方法栽培。直接盆栽法可于5～6月摘心，摘心留茎7～10厘米，待侧芽萌发后，自上而下抹除，仅留最下面的一个侧芽，将原有茎叶在所留侧芽上方1厘米处剪除，从而完成菊株的更新。通过摘心，可控制菊株高度，保持脚叶鲜嫩不脱，但新菊株往往偏向盆的一侧，无法居盆正中（图16）。

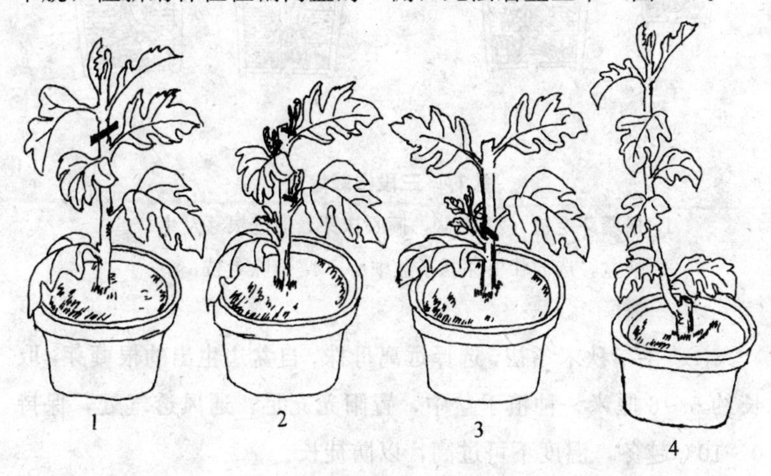

图16 直接盆栽法

1. 摘心，菊株留7～10厘米 2. 抹侧芽，留最下一个侧芽

3. 剪除老枝 4. 新菊株

2. 三段根栽培法

三段根栽培法是北京地区艺菊者经长期实践探索出的能培育出高品质独本菊的方法。薛守纪于1979年总结出“冬存、春种、夏定、秋养”的八字法，又称“北京八字法”，习惯上均称“三段

根法”。它使植株矮化，基部脚叶完整，效果良好，现已逐渐向全国推广（图 17）。

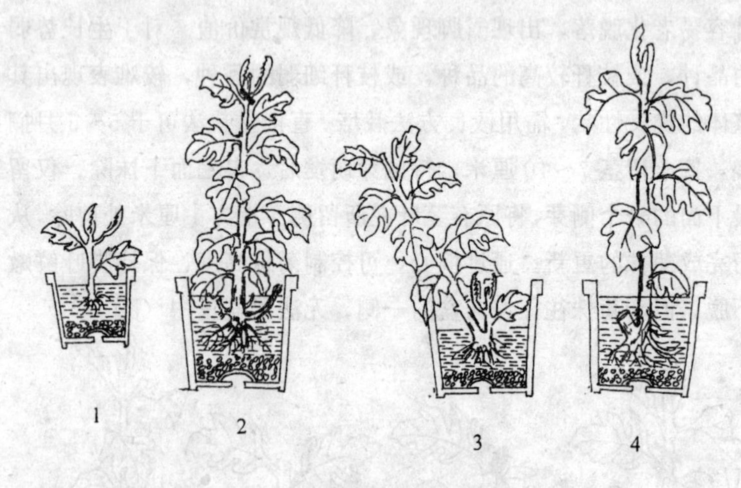

图 17　三段根栽培法

1. 根蘖芽定植　2. 换盆，摘心抹芽，促进根芽发生

3. 换盆，选健壮根芽立于盆中心　4. 剪除老枝

①冬存：秋末冬初，选择远离母株、自盆边生出的根蘖芽，取长约 5～6 厘米，种植于盆中，置阳光充足、通风透气处，保持 0～10℃越冬，温度不可过高，以防徒长。

②春种：至翌年 4 月初，将苗移出室外，当苗高 20 厘米左右时定植于口径 12 厘米的盆中，此间不可施重肥，尤其少施重氮肥，促苗茁壮发育。

③夏定：从 5 月中旬开始加强母株管理，给予充足肥水，使菊株快速生长，根据不同品种及母株长势分批摘心，矮秆、晚花及长势弱的品种在 5 月下旬摘心，高秆、早花及长势强的品种在 6 月初摘心。当母株生长至 10 片以上健全叶时可摘心，摘心后应及时抹去萌发的侧芽，减少营养消耗，并使叶片制造的营养转移

到根部，促进根蘖芽发生，至7月中上旬，已有根芽出土，选择1个远离母株、靠盆边生长、顶芽饱满、长势茁壮的根芽培养为新株，其余根芽全部自基部切除。

④秋养：7月下旬，当新苗长至10～15厘米时，换盆定植于口径20厘米的盆中。定植时，将新苗直立栽于盆中心，填入肥沃的培养土至盆高1/2～3/5。换盆后加强肥水管理，至8月上旬，新苗已旺盛生长成形，将母株从基部剪除，松土后添加培养土至水口位置。后期加强管理，使茎秆增粗增长，叶片增大，至11月盛花时成为脚叶完好、株高适度、花形丰满的佳品。

三段根栽培法的优点是保证了壮苗及发达的根系，秋养初期，母株叶片经光合作用，不断向新苗提供营养物质，促其旺盛生长。换盆添土后，增添了营养，新根生长又增强了吸收能力，生长日益旺盛。新苗生长期较短，降低了株高，又使脚叶整齐完好。

3. 地栽套盆法

将菊苗地栽于高畦上，恢复生长后，取一定植盆，加大底部排水口，让菊苗从排水口中穿出，套于盆中（图18）。为保护叶片，可用纸先将菊苗圈成筒状，套入盆后轻轻打开。当苗长至盆口时，添加培养土至盆的1/2处，当苗高出盆口15厘米时，第二次加培养土至离盆口2～3厘米处。待花蕾显色后，用平底利铲从盆底将菊苗生于土中的根铲断，即可移出备用。刚铲断根部时，因水分供求失去平衡，为防植株萎蔫，应加大叶面喷水，增加土壤及空气湿度。地栽套盆法的根系发达，能不断吸收新土的营养，菊株生长健壮，并能降低株高，有效防止脱脚现象发生。

4. 带蕾嫁接法

主要用于扦插较难生根、生长势弱或植株偏高的品种。用黄花蒿或本砧作砧木均可，选取尚未显色花蕾，在其下3～5厘米处剪下，用刀片将基部削成一边薄一边厚的楔形，保持湿度。采用

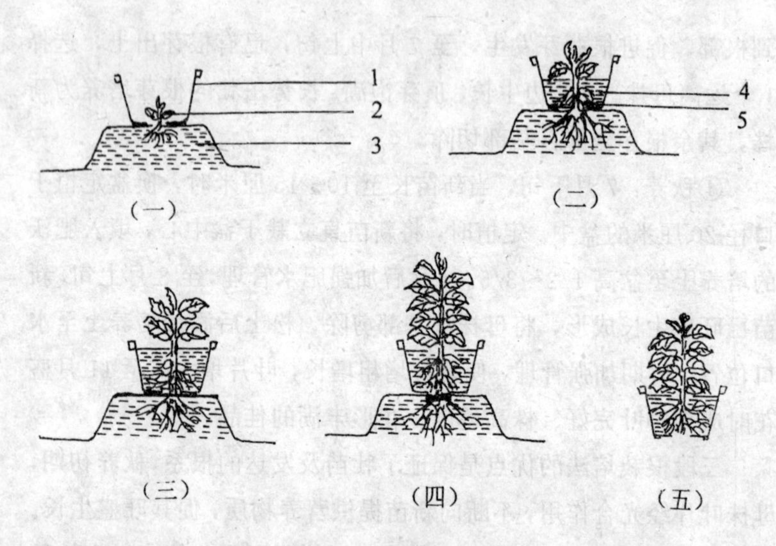

图 18　地栽套盆法

（一）套盆　（二）第一次加土　（三）第二次加土

（四）花蕾显色后，铲断根部　（五）新菊株

1. 花盆　2. 菊苗　3. 高畦　4. 培养土　5. 新根系

劈接，10 天左右伤口即可愈合，解开塑料带，加强肥水管理，10 月底即可开花观赏。

（三）悬崖菊栽培

悬崖菊是指经过艺术手法绑扎成自然垂悬、飘逸的栽培小菊。悬崖菊通常采用的形式：基部宽，向前逐步收缩成三角形，各花枝自然式匀称分布。通常选用单瓣型、且生长迅速、分枝多、长势强、枝条细软、开花繁密的小菊品种，也有依照以上要求选用大菊系中的小花长秆品种。长 4～5 米以上的特长悬崖菊，需选用节间较长的品种，常用的品种有泥金钩、粉莲、白玉燕等。长 1～

2 米的中小悬崖菊用节间较短者，常用的品种有墨小荷、黄金球、一捧雪、金满天星、银球托桂等。

悬崖菊依长度可分为大、中、小三种规格，我国习惯把长 1～2 米的称为小悬崖菊，2～3 米的称为中悬崖菊，3 米以上的称为大悬崖菊。培育不同规格的悬崖菊，所采用方式也不相同。

1. 小悬崖菊简易栽培法

3～4 月间天气回暖，选用长势茁壮的出土芽苗，略带须根，以普通培养土栽于口径 12 厘米的小盆中，进行常规养护管理。当植株长至 20 厘米高时，以加肥培养土换植于口径 15～20 厘米盆中。换盆后植株立即摘心，以细竹竿或粗铅丝（长度依所培育悬崖菊的要求决定），在长约 30 厘米处弯成直角，使弯处成弧形，作成骨架。将短的一端紧靠植株直插盆底，与植物绑扎在一起，并将植株顶端幼嫩之处向下弯折，使之靠近骨架，再用以细铅丝制成的 S 形小钩与骨架勾挂固定。摘心后顶端萌生分枝，选最顶端一枝作主枝向前延伸生长，到主枝抬头上翘时即用小钩勾住，至现蕾为止，需勾挂固定十数次（图 19）。除延伸主枝不摘心外，其余所有侧枝及以后萌生的各级小枝均留 2～3 叶反复摘心，使植株成为前宽后窄的长三角形。至立秋前最后一次摘心，因小菊的开花习性是顶端优势明显，若整株同时摘心，必将使顶端先开、基部逐步晚开，前后将相差 10 天左右。小悬崖菊需先从近根处摘至中段，约 5 天后再由中段摘至顶梢，分两次摘完，花期将基本一致。最后一次摘心后，可将植株换于口径 25 厘米盆中定植，使主干朝一侧倾斜向下，并将全株作适当修整，使表面平齐美观。至 9 月中下旬现蕾时，在盆面填入腐熟的有机肥，或叶面喷 1‰的磷酸二氢钾溶液，促花大色艳。至花蕾初绽时摘除枯叶，拔去支架，使菊株自然下垂成悬崖状。拆除支架的适当时期约在 9 月下旬至 10 月上旬，如过早拆除支架，花梗则向上弯曲；过迟则花头向下，均有损美观。

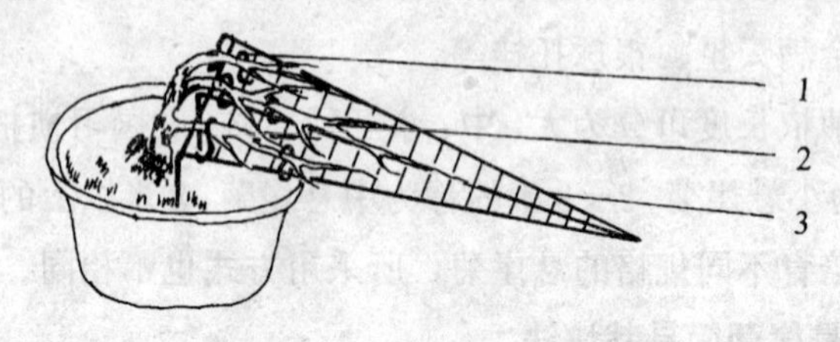

图 19　小悬崖菊简易栽培法

1.S 形小钩　2. 菊株　3. 骨架

2. 中大悬崖菊栽培法

11 月间选取健壮脚芽，以培养土栽植于口径 10 厘米的小盆中，置于阳光充足的温室或冷室中，保持温度 10℃以上，促苗缓慢生长。当苗长至 20 厘米时，换植于口径 15～20 厘米的盆中继续培养，至春暖后移至室外，以加肥培养土换植于口径 25～30 厘米的盆中，4 月下旬定植于口径 50 厘米左右的大盆中。定植后，将花盆置于高处，用细竹片搭架。竹架依植株大小而定，通常呈上高下低，上宽下窄。将菊株主枝结缚在架上，结缚工作以下午进行为好，此时枝叶较柔软，不易折断。此后主枝每长 10 厘米左右即结缚一次，力求使主枝保持在竹架中线上。在主枝两侧各选一健壮侧枝不摘心。同主枝一样向前诱引，使两侧枝均匀对称地分布在主枝两侧。其余侧枝及此后发生的侧枝均留 2～3 叶摘心，反复进行，促进多分枝，形成上宽下窄的理想株型。基部萌生的脚芽不摘除，除第一次摘心时留高 20 厘米外，以后均留 2～3 叶，以进行多次摘心，使枝叶覆盖盆面，保持菊株后部丰满。

中大悬崖菊的最后一次摘心至关重要，在立秋前 3 至 10 天进行，为保证花期一致，最后一次摘心需分 3 次完成。将菊株平均分为 3 段，自基部 1/3 段最先摘心，隔 5 天后摘中段，再隔 3～4 天后摘顶部。有些悬崖菊横径较大，边缘的花常较中心的先开，每段自基部向上摘心时，还应注意自中心往外摘，才能保证整株同期开花。

3. **特大悬崖菊栽培**

对于长超过4米的特大悬崖菊，需用两年时间培育。选用灌木性强的品种。第一年早春栽苗，按一般悬崖菊的栽培方式进行管理，至立秋短日照后，进行人工补光，抑制花蕾分化，促其继续营养生长，当气温降至10℃时，需移入温室进行保温，继续补光，至来年3～4月气温回暖后，移出室外，停止补光，继续按悬崖菊的栽培方法进行管理至秋季开花，即可达到要求。

悬崖菊也可采用地栽培养。选排水良好、阳光充足的肥沃土地，施入基肥，做东西走向高畦。在3～4月间把越冬小苗定植于露地，株距80～100厘米。依所培育悬崖菊的大小，选足够长的竹片，于一端约40～50厘米处用火烘弯后，插入近菊株基部，另一长端向南方向倾斜，与地面呈45°角，绑扎于固定架上（图20）。此后将菊株按设计的方案牵引固定于竹架上进行培育。当花蕾充分发育、尚未显色之前应上盆，上盆初期根系损伤，水分容易失去平衡，需加大浇水量，增大空气湿度。上盆后及时整形，可用

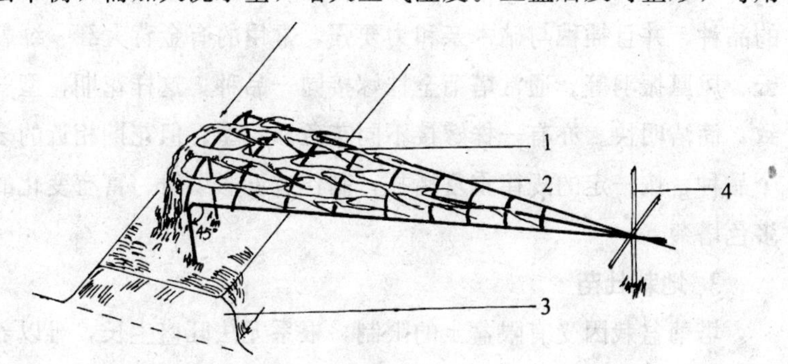

图20　悬崖菊地栽示意

1. 菊株　2. 骨架　3. 高畦（东西向）　4. 固定架

铅丝或新支架代替原有临时支柱，或者去除原有支柱，任其自然下垂。

（四）塔菊栽培

塔菊是我国传统的造型菊之一，因其形状如“宝塔”，故称塔菊。一株优秀的塔菊，植株高大挺拔，各层层次分明，体态丰满匀称，开花整齐繁多。

1. 砧木培育

塔菊的砧木选择至关重要，需选用植株高大、生长旺盛的黄花蒿。前一年10～12月从野外采集实生苗，选择株型紧凑、节间长的健壮苗，带土球挖取，尽量少伤根，栽植于口径20厘米盆中，置阳光充足处。冬冷地区，需移入温室内越冬，保持10～15℃，菊苗可继续生长。隔10天施一次液肥，促苗茁壮。砧木不摘心，使其不断增高生长，并任侧枝萌发生长。

2. 品种选择

宜选择长势旺盛、分枝力强、叶大丰满、花型整齐、花期长的品种，并且插穗与砧木亲和力要强，常用的有金背大红、绿朝云、凤凰振羽等。通常塔菊全株嫁接同一品种，这样花期花型一致，简洁明快。亦有一株嫁接不同花色和花型、但花期相近的多个品种，按一定的规律重复蟠扎，制作成五彩缤纷、富有变化的多色塔菊。

3. 地栽壮苗

塔菊盆栽因受有限盆土的限制，根系无法旺盛生长，难以养成高大植株。黄花蒿不耐水湿，须选择地势高燥、排水良好、土壤疏松肥沃、通风向阳处。年前深翻土壤，各种植点挖成长宽各80厘米、深60厘米的洞穴，在回填土时加入充足基肥，通常施骨粉 500 克、过磷酸钙 150 克，充分拌匀，土回填后，浇入大粪水 50 千克，一周后再施 50 千克。3～4 月，气温逐渐回升稳定，应及时将长势粗壮的砧木定植于穴内，当植株高达 1 米时，需于植株旁立一足够高的竹竿支撑，随植株生长逐步绑扎固定，以防倒伏。

4. 嫁接

当砧木长到 40～50 厘米高、侧枝粗度与接穗粗度相近时，即可开始嫁接。采用劈接法，嫁接前先将最基部 30 厘米以下的侧枝全部去除。嫁接时侧枝长度一般留 10～20 厘米，基部最长，由下至上逐渐变短。接穗长度为 5～7 厘米，嫁接要及时，6 月以前，约 10 天接一轮，每轮相距 20～30 厘米；6 月以后，生长加快，约 7 天接一轮，一直可嫁接到 8 月中旬，至立秋短日照时，作最后一次收顶嫁接。嫁接时应注意所接枝条分布均匀，不宜接太多，一般下层每轮留 6 枝，中层留 3～5 枝，上层留 3～4 枝，多余枝条应分批剪除。接后约 10 天可解除绑扎物。为提高嫁接成活率，炎夏酷暑时，嫁接宜在傍晚进行。

5. 摘心留枝

嫁接后每隔 20～25 天摘心一次，当分枝生长出 4～5 片叶时，要及时摘心，共摘 4～6 次。下部枝条因嫁接早，摘心次数多，分枝也多，摘心可重些；中部枝条稍重些；上部枝条则应轻摘；顶部枝条可不摘。末次摘心的时间应在立秋前后 10 天左右，全株同时进行，一次完成，使全株花期一致。每次摘心后所留侧枝数，应根据塔菊侧枝分布情况进行调整。一般侧枝多的部位少留，侧枝少的部位多留，从而使植株长势丰满匀称，便于扎制造型。现蕾后，大花品种要及时疏蕾，仅留顶花；中花品种则去除顶蕾，促其侧蕾均衡生长；小菊一般不疏蕾，任其开花。

6. 肥水管理

生长初期，因苗小，浇水可少些，施肥应淡些。随植株生长，应加大浇水量和施肥浓度。夏季浇水与施肥应在清晨或傍晚进行，每3天施一次腐熟人粪尿或豆饼水，肥水比为3∶7。9月下旬花蕾形成后，可施肥水各半的有机液肥。每7～10天用0.2%尿素或0.5%磷酸二氢钾喷施叶面追肥，有利叶绿花艳，开花持久。

7. 上盆定植

9月上旬至10月上旬间，花蕾已形成时可上盆，挖取时应带完整土球，撤除原支撑物后，定植于口径60～100厘米的大盆中，注意水分管理，多喷叶面水，不使叶片萎蔫。约经20天养护后可恢复正常生长，此后加大肥水量，满足旺盛生长的需要。

8. 扎制成形

定植后于盆中心插一竹竿，同塔菊等高，将塔菊主干绑在竹竿上。再于主干四周插4根竹竿支撑，高度可低于顶部30厘米，将5根竹竿顶端扎缚在一起固定。花蕾现色后可自下而上逐圈扎制。在支撑塔菊4根竹竿的下部，即盆口上方约10厘米处交叉成“#”字形扎4根细竹片，再在细竹片上用细竹丝或细铁丝扎一圆圈，最底层的直径确定后，向上每层的直径递减4～5厘米，逐层向上制成塔

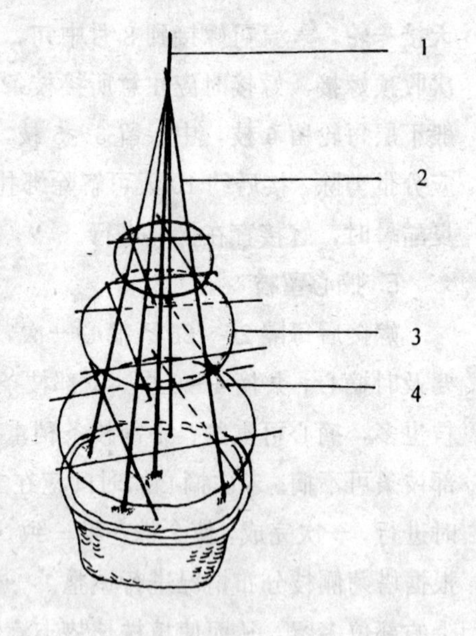

图21　塔层制作

1. 主干　2. 支架　3. 圆铁丝圈
4. “#”字形竹片

层，顶层直径一般不小于10厘米，将枝条按要求适度地绑扎在每层圆圈上，由下而上，逐层进行（图21）。

塔菊采用地栽方式更容易培育成大型艺菊，但在起苗上盆时，因体量大，操作不便，容易造成土球碰碎，前功尽弃。若采用网箱式栽培，上盆后叶片、花朵不会受任何不良影响，且省工省时，效果良好，现介绍如下。

1. 网箱制作

原料是3厘米×3厘米的角铁和直径13毫米的钢筋。网箱外形，如花盆状上大下小。将钢筋截成50厘米长（网箱的高度），角铁折成大小两个圆圈，大圈直径70厘米，作网箱上口；小圈直径50厘米，作网箱下口。用钢筋将上下圆形盆口连焊在一起，即可成形，而后在上口四周焊4个挂钩以便起吊，并把整个网箱用防锈漆涂刷两遍，以延长使用时间。

2. 栽培方法

于种植点挖坑，将网箱放入，上口与地面持平，然后填入培养土，下层用重肥培养土，30厘米厚，比例是：腐叶土5份、粪干3份、园土2份。上层用轻肥培养土，比例是：腐叶土4份，粪干2份，园土4份。网箱外用重肥培养土，填好后踏实浇水，将蒿苗定植其中。此后按正常的塔菊栽培方法进行管理。

塔菊培养成形后即可吊装上盆，时间在10月上旬。先将中上部花枝绑扎成形，可防止吊装时碰损花枝，上盆后再将其余花枝绑扎成形，在塔菊正上方竖起一个三角吊架，架上放一个人工吊装葫芦（图22）。将钢丝绳挂在网箱的4个挂钩上，4根钢丝长短要一致，以保证起吊平稳。起吊前未绑扎的花枝要先捆在一起，以防碰断碰伤。当网箱被吊起约1米高时，将预备好的定植盆放在下面，再将吊起的网箱徐徐放入，待平稳后，在网箱与定植盆中间空隙里填入园土，用捧捣实，浇透水即可。

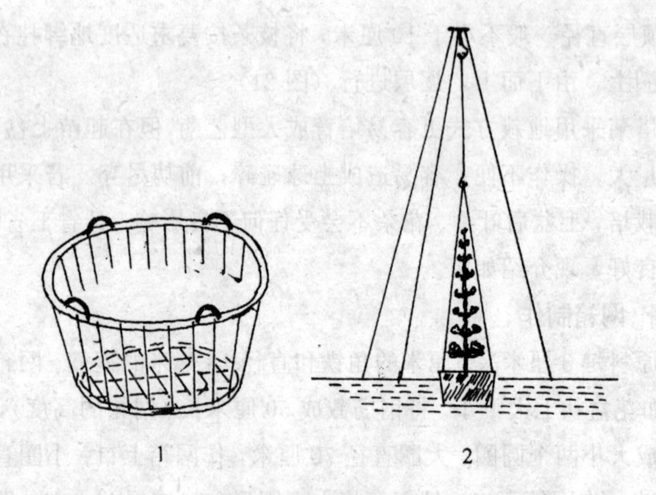

图 22 塔菊网箱栽培

1. 网箱制作 2. 吊装上盆

（五）案头菊栽培

案头菊是独本菊的一种较独特的栽培方式，且有占地面积少、生长期短、操作简便、小巧玲珑、适合摆设于室内几案、观赏时间较长等优点。优良的案头菊定植于口径 10～15 厘米的花盆中，全株高 20 厘米以内，茎秆粗壮挺立，叶片丰满密集，将盆口覆盖，花朵硕大整齐，直立向上，不露花梗，能充分体现菊花品种特色。

案头菊栽培主要掌握品种选择、适时育苗与激素处理三个要点。

1. 品种选择

培育案头菊，需选择大花、花型丰满、花期早、茎秆粗壮、叶片肥大舒展、并对 B_9、PP_{333} 等矮化剂有明显效果的矮型品种。适合案头菊的品种有：西厢待月、绿云、绿牡丹、金狮头、旭桃、灯下舞娘、太真图、风清月白、帅旗等。

2. 适时育苗

案头菊扦插时间要求较严格，一般选在 7 月下旬，如扦插太早，生育期延长，植株高度难控制，且下部叶片容易老化；如扦插太迟，容易错过花芽分化适期，形成柳芽或开花品质差。选健壮、无病虫害植株，取 4～5 厘米顶梢作插穗，保留全部叶片，扦插约 2 周生根，生根后移植于定植盆中，一周后即可施 0.2%的复合肥溶液，每 7～10 天施一次，促其旺盛生长。其间可用 0.05%磷酸二氢钾作叶面追肥，直至花蕾显色为止。

3. 激素处理

喷施生长抑制剂，进行矮化处理，是培养案头菊成功的关键。扦插成活后，即用 B_9 的 2%水溶液喷生长点，第二次在上盆 1 周后喷全株，以后每 10 天喷 1 次，直至花蕾现色为止，总需 4～5 次，矮化效果明显。喷洒时间以傍晚最好，若喷后遇到雨水冲淋，第二天需补喷一次。典型的高秆品种“薄荷香”经 B_9 处理的比没有处理的矮 28 厘米，其他品种也可分别矮 10～15 厘米。也可在短日照开始后 2 周或摘除嫩芽时，用 0.25%～0.3% B_9 喷洒叶面，可降低株高，延缓花梗伸长，使花开得更大。

选用多效唑(PP_{333})同样可以达到矮化效果。把插穗放在 1200 倍的 PP_{333} 溶液中浸泡 1～2 分钟后扦插。生根移植缓苗后，一旦发现黄芽冒出，就马上喷洒 1200 倍 PP_{333} 溶液。

案头菊还需加强肥水管理，及时抹芽疏蕾，才能培育出茎壮、叶茂、花大的精品。

（六）盆景菊栽培

盆景菊是以菊花为主体，通过“缩龙成寸”的技巧，配以山石、枯木等素材，经过盆景制作的艺术手法创造出的菊花艺术品。

制作盆景菊除需掌握菊花一般的栽培管理技术，还应具有一定的艺术造诣和创新精神。

1. 品种选择

盆景菊可选用大菊或小菊品种，但以小菊为主，通常也称为小菊盆景。盆景菊以菊代树，以小仿大，融大自然于方寸之间，因此对小菊的品种选择有较严格的要求。

①花型要小：可用花朵直径小于3.5厘米的品种，花小才能反衬出菊“树”的大。较大型的盆景可选花径稍大的品种，尤其是附大木、大石的盆景。

②花朵要密些：如花朵过稀将显全株生气不足，花团锦簇、疏密错落才显壮观。

③花茎要短：如花茎过长使花朵直立分散，搬运或浇水易倒伏折断，影响整体效果。

④叶要小而厚：叶小是为了反衬出“树”大，叶厚则抗病虫害、抗旱涝能力强，不易蔫黄脱落。

⑤枝条坚韧：枝条坚韧更易蟠扎造型。

2. 成株培育

盆景菊一般通过扦插成苗和蒿接成型两种方式培育。

(1) 扦插成苗

应于头年初冬或当年春季选取母株的带根脚芽，或者初秋时高压获得带根新苗。微型小菊盆景可在小菊成株见蕾后压枝或扦插速成。春插无根苗，一般一个月即可成活。

小菊幼苗促壮至关重要，小苗成活后即进行促壮管理，才能获得如树桩般的主干和虬曲大根。一般促壮在3～4月，最迟在5月初。定植盆土需含大量腐殖质和薄肥，平时薄肥勤施，适当扣水，切忌浓肥和过湿，以免养成细长嫩脆的主干。促壮时不可掐芽心。

以原株制作盆景，成株不宜高大，且在促壮栽植时应分开根系，可在下部垫一块木片或瓦片，促使菊根先平伸再扎入土深处，使成株上浅盆时大根已理顺，不易倾倒。

（2）蒿接成型

利用白蒿或青蒿作砧木，当年培养的主干即可粗于大拇指，嫁接后长势旺盛，配大桩大石，可制作成气派非凡的大中型盆景。一株砧木上还可嫁接多种花色的小菊，制作成色彩缤纷的多色盆景。

3. 攀扎造型

小菊盆景在攀扎造型前应先立意构思，做到“意在笔先”，依菊株、盆具和其他材料的准备情况来决定作品雏形。对菊株在盆中的位置、主干倾向、“树冠”形状、大枝分布、小枝疏密、附件安排等问题都应大致定夺，以此指导具体技术操作。按照设计把菊株的主秆、大枝弯曲成形，最后定形为大自然中树的形状。以下介绍两种较简单方式。

①首先拉下主枝使其水平生长，拉平部分的腋芽将迅速萌发，向上生长成侧枝，当其生长至4～5片叶时再向平伸的主枝两侧拉平，如枝头向上弯曲后再拉平，如此反复，主枝、二次枝及三次枝都近于拉平，各自再生小侧枝后就有数十至上百个新芽整齐向上，再经几次摘心整形，到花期就有密密实实的大片花朵。

②另一种方法是把主枝和成丛侧枝分批在各方面拉垂向下，各枝又生分枝后因背地性反弯向上生长，形成大枝悬垂、小枝向上的“树冠”，然后可制成伞形或分团成片的“树冠”。

4. 附石附木盆景制作

制作小菊盆景，以菊株附石附木是极好的方法，可采用倚靠、孔穿、搂抱、枝缠等几种方式制作。

①倚靠：枯桩或山石形体比小菊主干粗大得多，小菊倚靠木、石，可使菊株稳定，模拟自然界大树或树石景观。

②孔穿：枯桩有空洞，小菊穿过空洞，于桩上分杈处伸出枝条构成作品上部“树冠”，模拟一株树。或者石上有空洞，小菊穿石而植，构成树石相依的意境。

③搂抱：小菊以粗根搂抱枯桩或山石，然后下伸入土。菊根数量不可过多，若完全遮盖桩石，将失去菊株与桩石相得益彰的效果。

④枝缠：小菊的主干或大枝盘绕枯桩或山石制景。枯桩或山石应选高而多有凹沟凸棱的，以使菊干可缠绕紧固。

制作附石木盆景时，应以小菊为欣赏主景，所用枯桩或山石仅是点缀，可作适当加工，切不可喧宾夺主，占据作品的着眼点。为使弯曲攀附的菊株主干配合虬曲的老根，可用利刀细心在平滑的干皮上刻出深度刚及髓部表层的疏密大小疤痕，刻后以塑料布松松地包好主干，使主干刻处尽量不透风，以便伤处保持湿度，有利快速愈伤。待愈伤白疤周围突起时，可除去塑料布，菊干上的疙瘩会变成黄褐色，再变成老树粗皮模样。

5. 摘心、促芽、养蕾

对当年新株，从攀扎造型中期开始，应对主枝适当摘心，目的是营造“树冠”。摘心不可随意，应按设计预想操作，一步步进行才能成功。第二次摘心后，新芽长出要陆续攀扎，必要时移密补稀，均匀补满“树冠”空缺部位。

由于摘心促生更多新芽，所以摘心的次数要根据小菊品种的不同来决定。对于节短叶密的，摘心次数应少些，即嫩枝摘心留叶多些；而节长叶稀的，摘心次数要多些，即嫩枝留叶相对少些。到旺长季节，更要加强促生新芽的摘心操作，以保芽和新蕾繁茂。停止摘心时间也要考虑，节短叶密的早些，节长叶稀的晚些，目的是使节短的品种略使茎长些著蕾，节长品种的茎短些著蕾。

一般当年株在6～7月定大枝，7～8月定“树冠”分枝；隔年宿株在5～6月即补充大枝，6～7月促小枝，不然宿株上大枝苍老，新枝未补齐，着蕾时会枝少花稀。

早开的小菊在7月初即生蕾，最晚的到8月底至9月生蕾。育蕾期应避免大旱大涝和人为的失误，要充分提供光、风、土、水、肥等外部条件，适时适量追施薄肥。最末一次摘心前后追施磷钾肥是壮蕾的关键，隔日进行叶面喷施0.1%的磷酸二氢钾加0.05%的尿素混合液，能使菊株枝干坚实，提高抗病力，促进分生花原基。

盆景小菊在正常花期后，要精心管理，避免深度休眠，可促使再度开花。当全株花朵中较早开放的数朵出现败象、花瓣萎蔫时，轻剪全株花朵而不多剪枝梢，尽量多留叶片，以利恢复生机。盆土保持见干见湿，每日多喷叶面水，置于充足阳光和通风处，温度保持12～20℃，每周浇2次薄肥，两周后修剪细枝，仅留2～3个芽眼，并以0.005%赤霉素隔3日喷洒“树冠”，共2～3次，芽苞膨大后追施磷酸二氢钾及尿素稀释液。12月仍是短日照，新芽萌芽后即进行花芽分化，形成花蕾，早开的可新年欣赏。冬季室温如保持在18℃左右，以0.25%丁酰肼在萌发后喷叶面1次，5周后再喷洒1次，可延长花期，花可开过春节。

6. 宿株越冬

如果要保留盆景菊的宿株，必须给菊株“补养”休息和恢复繁茂的时间，以增强冬季抗寒力。花后轻剪全部花朵和未放花蕾，暂时多保留正常无病叶片，让其光合作用制造养分，助全株复壮。然后移出盆景盆，去除原盆土，移植于适当大些的素烧盆内，填加微肥疏松培养土，精细养护，周到提供光、风、肥、水，忌阴蔽、旱涝和过度施肥。我国南方越冬较易，而北方严寒，需采取各种保护措施，具体方法可参照前述的越冬管理部分。

八、切花菊栽培技术

切花菊是世界产量最大的切花之一，约占鲜切花总量的30%，居“四大切花”之首，目前全世界已形成大规模的商品化生产，我国产地主要集中在上海、广东、福建、台湾等地，已经可以满足周年生产，每年均有大量菊花出口到日本。

（一）品种选择

切花菊是菊花被剪切后作为观赏对象，对品种要求较高。根据市场需要，切花菊可分为标准菊和多花菊（俗称小菊）。

1. 标准菊

每茎单留顶生花朵，其余侧蕾全部摘除。标准菊栽培可有多本与独本之分，多本栽培是一株多枝，即菊株摘心后留数枝，每枝着花一朵。独本栽培是一株一枝，不论摘心与否，着花一朵。优良的标准菊品种必须具备如下优点。

①选择平瓣内曲、花型丰满的莲座型或半莲座型的中、大花型品种。花瓣须短、厚而粗，排列整齐。花茎要短，长约5厘米以内，使花序基部与叶丛相接；花梗粗硬直立。

②花色以鲜艳明快为好，现主要以单纯的黄色、红色、白色、粉红色为多，较少选用复色或杂色。各民族依习惯，对颜色的偏好也各不相同。中国最喜欢红、黄两色，白色仅作为配色使用；日本则以黄、白为主；而美国却对纯白情有独钟，需求量占总量的30%～55%。

③茎秆要粗壮挺拔，节间均匀，株高须达到100厘米以上，才能满足商品生产的需要。叶片肉厚平展，鲜绿有光泽，叶型浅裂，叶柄较短。

④要求栽培容易，抗逆性强，抗病虫害；包装运输过程中不易损伤，耐贮存：瓶插寿命长，一般高温季节为两周左右，低温季节为3～4周。

我国有许多传统品种均可作切花栽培，如银荷、大荷仙子、惊涛拍浪、绿水长流、新金刚、白露、粉荷等。目前我国广泛栽培的品种多由国外引进。广东大面积栽培的商品性切花菊主要有黄秀凤、舌黄、台红、大白莲等，均须用灯光照射控制花芽分化，使其周年上市。南方常见的栽培品种见表11。

表11　常见栽培切花品种一览表

品种名称	花的颜色	自然花期（月）
世界白	白	8～9
国庆白	白	9～10
秀　凤	白	10～11
云　仙	白	10
巨　星	白	10～11
面　形	白	7～8
大白莲	白	11～12
黄秀凤	黄	10～11
黄云山	黄	10
台　黄	黄	11～12
日本黄	黄	11～12
虎爪黄	黄	10～11
六月黄	黄	6～10

续表

品种名称	花的颜色	自然花期（月）
金　黄	黄	12～1
台　红	红	8～9
清耕锦	红	10
四季之光	紫红	10
丽　金	红、瓣背带黄	10～2
紫荷莲	紫红	12～1
威廉巴特	桃色	12
新味园	桃色	7～8

2. 多花菊

多花菊常用花径10厘米以下的中、小花品种，花型以单瓣、托桂、绒球型为主。托挂型小菊的中心管状花较发达，常与舌状花呈不同花色，绒球型菊几乎全由宽短内卷的舌状花组成，全开时呈球状，管状花少，藏于中心不易看出。多花菊茎上花蕾全部保留，任其开放，每枝常达十数朵花。多花菊色彩相当丰富，鲜艳亮丽，其中复色品种最多。目前多花菊已被广泛应用，品种主要来自荷兰。

（二）栽培管理

1. 种苗培育

切花菊的种苗多采用扦插繁殖，批量生产。取插穗的母株须生长健壮，无病虫害，最好定植于消过毒的培养土中，栽培过程中施用肥料比例氮：磷：钾为3：1.2：1.5。对所取插穗的生根、生长都非常有利。母株生长6个月，短日照期间需半夜补光3小时，其间取穗4～5次后，插穗产量及品质下降，应予以更新。

选取发育良好、无病虫害的顶梢作插穗，以手摘取，忌用剪刀，以免感染病毒病。取穗长4～6厘米，具有4～6片叶，茎粗0.3厘米以上的嫩梢。手不易折断的表示已老化，生根慢，易形成花蕾，导致开花不整齐，不是理想的繁殖材料，不宜采用。若适龄插穗生产过于集中、无法一时充分利用，应先采取插穗，装入保水通气的塑料袋中，贮藏于2～5℃、相对湿度80%～90%的环境中，可贮存3～4周。插穗基部沾含有杀菌剂的生根粉，可使生根整齐、迅速，并减少茎腐病的发生，其配法是取1000克滑石粉加1克杀菌剂和2克萘乙酸或吲哚丁酸，加入少量酒精，搅成糊状，摊开晾干即可。为保证效果，配制完后应在半年内用完。

扦插苗床以离地高床为好，床深10～15厘米，介质用素砂、珍珠岩或两者混合，比例各半均为理想材料，用托布津或多菌灵溶液消毒后备用。扦插株行距视插穗大小而定，一般按2.5厘米×5厘米扦插，太密通风不良，易感病害。茎基插入基质深度以2厘米为好，浅插有利生根。基质温度控制在18～21℃，室温15～18℃，生根前维持较高的空气湿度。如光照太强，刚扦插的前几天应遮阴，以防失水萎蔫。若有自动间歇喷雾装置，可不遮阳，采用全光照间歇喷雾育苗，第一天应全天喷撒水分于叶面，以后视情况逐步减少，10～20天即可生根，生根后用0.2%尿素加0.05%磷酸二氢钾进行叶面施肥，可取到良好效果。当根长2～3厘米左右时定植。如果根太长，定植时易损伤，恢复较慢，影响苗的生育。

为提高切花质量，解决品种退化问题，防止母株带病毒，可采用组织培养或检疫培养除去病株，以健康母株取穗繁殖。组织培养方法可参照繁殖要诀中的有关部分。检疫培养程序如图23可简单说明。

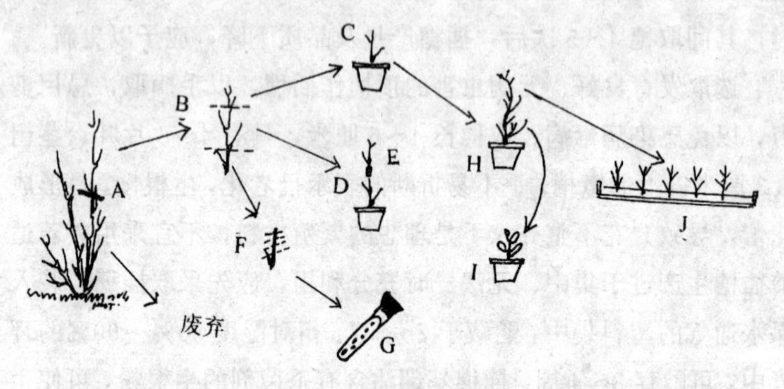

图 23 菊花母株病害检疫程序

A. 原母株检疫完成后废弃 B. 顶梢切成C、D、F三部分 C. 顶梢嫩芽C扦插于消毒介质中生根 D. 将健康指示植物接穗E嫁接在D段上，约6周后可检定矮化病毒 F. 下段经表面消毒后切片置于G培养基中，约19天后检查其他维管束真菌与细菌性病害 H. 将被检定植株的叶汁涂在烟草叶I上，检定除矮化病毒以外的病毒 J. 原种取穗大量繁殖原种母株，供取穗

欧美等国家有专门的种苗公司进行工厂化生产，由他们依健康苗生产方式，四季供应切花生产商所需品种。荷兰 P. Van Der Vamp B. V. 就是专业化生产菊花种苗的公司，他们采用全自动喷雾、定时加光温室，每晚加光6小时育苗，相当于延长一天日照，由此缩短采苗周期，加快周转。母株每两周采苗一次，4个月后淘汰，每棵母株可采苗达256枝，繁殖系数相当大。

2. 栽培定植

栽培定植要注意如下问题。

（1）土壤

种植菊花的土壤必须排水良好，通风透气，又富含有机质。由于菊花对多种真菌都很敏感，因而栽植前最好进行土壤消毒，可用蒸汽或氯化钴两份、溴化甲烷一份进行消毒。菊花忌连作，栽植2年后应种1季其他水生作物（如水稻）进行轮作，以减少土壤中的病虫害，并避免因单一施肥造成养分不平衡。多施长效性有机肥既能增加土壤肥力，又能有效改良土壤的物理性状。一般每1000平方米施腐熟的猪、牛粪4500千克，并注意增施磷钾肥，翻耕时均匀地拌入土中。

（2）种植

菊花忌水湿，如土壤湿度过大，易造成烂根死亡，因此必须做到深沟高畦，以畦高30厘米、畦宽1～1.2米为好，田块四周要开好排灌水沟。

切花菊种植密度随季节、品种而异，还取决于植株的整形方式。一般多本栽培的每株留3～4枝花，每平方米栽植20株左右，1米宽畦种两行，株距10厘米。独本栽培每平方米栽培约60株左右，采用宽窄行定植，每畦种4行，窄行行距10厘米，宽行行距40厘米，株距为5厘米。欧美国家因技术水平较高，往往采用密植来提高单位面积产量。如美国的标准，多本栽培夏季株行距为15厘米×18厘米，冬季株行距为18厘米×20厘米，内部为双茎，外部为三茎。独本栽培夏季为10厘米×15厘米，冬季为13厘米×15厘米。台湾生产者一般以每花茎占有120～180平方厘米的空间计算，若一株摘心得三枝花，每株应有360～540平方厘米的空间，则每公顷定植277500～184950株（每亩定植18500～12330株）。

定植时期因栽培的类型、摘心次数及供花时间的不同而有差异。一般多本栽培的要比独本栽培的定植早些。多本栽培的秋菊定植适期为5月中下旬，独本栽培的定植适期为6月中旬，晚秋菊、冬菊约在7月下旬至8月上旬定植，夏季5月开花的切花菊，应在1月上、中旬定植；7、8月开花的宜在2～3月定植。若定植期处在短日照时期，定植后应立即进行加光处理。

定植深度为1.3～2厘米，定植后，多本栽培于株高10厘米时摘心，以利侧枝发生，但若侧枝较多，应及时将瘦弱者除去，使养分集中供应。夏季强光，应以遮阳网遮光30%，以利茎的伸长及长叶，提高切花品质。当株高长到30厘米高度时，用网眼为20厘米×25厘米塑料网格进行主株张网，让菊花枝条均匀分布，保证挺直生长。随着菊株长高，塑料网逐渐抬高，或者使用两层网，使菊株不倒伏。

(3) 肥水管理

切花菊的肥水管理主要是促使菊花茎秆生长健壮，达到切花菊所要求的高度；叶片生长均匀茂盛，花叶协调，花大色艳。切花菊因种植密度大，生长迅速，枝叶茂盛，属需肥多的花卉，从定植到花蕾形成，均需充分供应养分。

商品化生产切花菊所需的施肥量，应以土壤分析为依据。取1份土壤样品，放入6份蒸馏水，在其抽出液中应含硝酸银0.002%～0.004%，磷3×10^{-6}～5×10^{-6}，钾0.002%～0.004%，钙0.015%～0.025%。pH在6.4～7.0间。磷、钙、镁肥及调整pH用的生石灰或碳酸钙在整地时以基肥施入，定植后只须追施氮及钾肥，菊花吸收钾肥量约为氮肥的2倍，在生长期，应多施钾肥。目前我国生产者还很少采用土壤分析来决定施肥量，仅凭栽培经验施肥。如果凭经验，再配合土壤分析，定能取得更好的效果。

菊花对氮的需求量，与营养生长相一致，植株在生长最初几周，根系尚未扩展，需氮较少，随时间的增进，地上部对氮的需求量递增，70～80天需量最大。Lunt和Kofranek用定植后100～110天开花的切花品种信天翁(Albatross)所做测定足以说明，他们根据正常生长在10.76平方米面积上经摘心作标准切花栽培的500枝茎、每间隔10天取样一次测定的结果表明（表12）：幼苗定植后至开花期，菊株高度、干物质重量及需氮量的变化曲线是一致的。定植90天时花已显色，显色后10～20天间，花序中的干物质迅速增高，其中氮是从叶内转移到花序中，而不是新从土壤内吸收。Lunt（1958年）指出花的品质取决于早期用肥，当花径达1～1.5厘米时，则不需继续施肥，并认为此时施肥是一种浪费，且过多的氮还易引起某些品种的叶斑病发生。

表12　菊花对氮的需求量

定植后天数	对氮的需求量（克）	所占比例（%）
1～10	1.0	0.53
11～20	2.5	1.34
21～30	4.0	2.20
31～40	6.0	3.20
41～50	8.5	4.60
51～60	20.0	10.78
61～70	36.0	19.25
71～80	60.0	32.60
81～90	22.0	11.76
91～100	15.0	8.00
101～110	22.0	6.40
总计	187.0	100

引自Kofranek et Lunt，1966

土壤水分应保持湿润，不可过干或过湿。随植株生长增大，水分蒸发量大，应注意多浇水。晴天时，每天至少3～4次。如果大面积生产采用沟灌，灌至畦面2/3高，待水分慢慢浸透即已足够。

若灌满畦面，则土壤中水分过足，易造成烂根。沟灌应设置灌水总渠，待每地块灌好后即封住进水口，使水随总渠灌下一地块。切忌水从一地块经过，流至下一地块，再流至另一地块（俗称“穿膛水”），这样极易使病害随水流传播，造成大面积感染，防治困难。

（4）整枝、抹芽、疏蕾

标准菊的整枝、抹芽、疏蕾，可参照立菊栽培技艺部分。多花菊在各花蕾已散开、顶花蕾显色前，及时将顶花蕾摘除。因顶蕾比侧蕾早开放，早凋谢，使花期不一致，且顶蕾花因顶端优势，使下方侧蕾大小不齐。摘除后，能使各花的花期及花径比较一致。

（三）花期控制

菊花为短日照植物，日照短于14.5小时，大部分品种的花芽能分化；日照短于13.5小时，花芽才能发育；日照短于12小时，菊花才会开花良好，为使菊花满足周年供应，且按所需要的日期开放，必须采用光周期控制——人工补光或遮光技术，结合控制温度来达到目的。

1. 人工补光

立秋后天气转凉，日照缩短，促使菊花花芽分化，此后栽植的菊花，即使营养生长未达到一定程度，也同样花芽分化，将失去切花价值。为促进菊花营养生长、增长花茎、延迟开花，必须通过人工补光技术，增加每天光照时数，以缩短暗期，抑制花芽分化。

（1）补光时间

开始补光及终止补光日期应根据供花日期，结合品种光周期反应特性和当地日照长短的季节变化来确定。开始补光日期应在当地日照长度已缩短至接近该品种花芽开始分化的临界短日长之前，宜早不宜迟。若不知道该品种的临界短日长，需掌握在当地日照时数缩短至15小时时开始补光。若补光在花芽已开始分化时进行，就会造成柳芽现象。终止补光时间依需花日期及该品种从花芽分化到开花所需的时间来确定。在条件适宜的情况下，停止补光到花芽开始分化需10～15天，从花芽分化到开花需50～55天，因此，补光结束期应掌握在开花前60～70天。

通过补光延长日照时数，事实上是使每天的暗期缩短，只要连续的暗期不超过7小时，菊花就不会花芽分化，因此补光时间应安排在每天夜晚的暗期中间，把长夜分割为两段时间均短于7小时的短夜。若需加光4小时，于晚10点到翌晨2点补光效果最好，如补光从傍晚6点至夜晚10点，则在冬天清晨7点天亮时，暗期已有9小时，夜长已超过7小时，虽加光4小时，也难抑制花芽分化而发生柳芽。

补光时数依据纬度、季节与品种而异，在北纬25°～30°，补光时数如表13。早花品种对补光较钝感，即在较长日照下，花芽就会分化，如补光不足，很容易发生柳芽。晚花品种则对补光较敏感，即补光较容易抑制开花。

表13　北纬25°～30°不同时期补光时数

时　期	光照时数（小时）
10月1日～3月31日	4小时
4月1日～5月31日	3小时
6月1日～7月31日	2小时
8月1日～9月30日	3小时

（2）补光强度

打破长夜的补光强度，只要在叶片上有8勒克斯光照就足以抑制花芽分化。但因叶片互相遮阴，为安全起见，要用较强的光照强度，在植株上能保持10～12勒克斯为好。如光照强度不足，易产生柳芽头或达不到预计开花的日期。

补光所用光源为白炽灯，配置方式可参照表14。生产上最好采用照度计，可实际测定叶片所受的光照强度，及时调整，减少盲目性。每盏灯均加反光罩或灯泡上半部涂水银，以增强光照，减少光源损失。

表14 菊花白炽灯配置方法

电灯瓦数	配置方法	灯距（米）	离地面距离（米）
60	1畦1排灯	1.2	1.5
100	2畦1排灯	1.8	1.5
150	3畦1排灯	1.8	1.5

以畦宽1.2米计算

（3）补光方法

可采用连续补光和间歇补光两种方法。

①连续补光：可选在日落后或日出前进行补光，但在长夜，常因补光不足造成生产失败，或补光时间延长，加大生产成本。因此连续补光常选在午夜进行，把整个夜间分成两段暗期，每段暗期均不超过7小时，效果良好。

②间歇补光：这是一种既节约电、又非常有效的补光方法，间歇补光期间的暗期时间若超过30分钟，抑制开花效果减弱；如超出60分钟，则补光无效。因此间歇补光多以30分钟为一周期。若按补光4小时计，则间歇补光的次数为：240分钟÷30分钟/次＝8次，加上头尾共9次。若植株上光照强度有20勒克斯，照光时间应有5％，补光4小时，应照光240分钟×5％＝12分钟，每次应照光12分钟÷9次＝1.3分钟，即每30分钟只补光1.3分钟，

停止补光28.7分钟，再补光1.3分钟，然后再停止补光28.7分钟，如此反复8周期，再加上第九次1.3分钟光照，抑制开花的效果与用20勒克斯光照补光4小时的相同。间歇补光只可用于对光敏感的晚花品种，早花品种不宜采用。

2. 遮光措施

人工对菊株进行遮光，可使菊株提早进入短日光照，促进花芽分化，提早开花。遮光需选择对温度不敏感的品种，因遮光常在夏天进行，在密封环境中热量不易散失，温度升高将不利花芽分化，易导致遮光失败或花期推迟。

(1) 遮光材料

采用黑布，遮光效果、透气和散热性均好，但成本较高。也可采用黑色薄膜，遮光安全，价格低廉，但透气性和散热性差，易使内部温度过高。现代化温室设有自动控制的遮光设施。

(2) 遮光时间

遮光起止时间要根据供花日期、品种特性及当地日照长短来确定。遮光开始时，菊苗最少要有14片以上发育完全的叶，此时株高已达到35厘米以上，至开花时株高才能保证达到切花标准的最低要求——1米以上。

遮光的目的是为了延长连续暗期的时数，保证每天连续黑暗时数不少于12小时，才能促进花芽分化，因此遮光只能在傍晚或凌晨两段时间进行。傍晚于日落后开始，操作方便，但夏季如果遮光过早，密封环境会使温度过高，不利花芽分化。如凌晨于天亮前进行，但因天黑，操作不便，易造成失误。采用傍晚和凌晨同时遮光，可避免夏季遮光过早引起高温；遮光直到次日清晨8～10点，又能保证13小时以上的连续暗期。每天遮光期间绝不能出现漏光现象（必须使内部光度在2勒克斯以下），也不能在连续暗期出现中断现象，否则开花受到抑制，导致遮光失败。

光感型菊遮光需21～28天，而多花型则需时更长，多达42天。遮光需要严格要求，尤其是在最初14天内，这是形成头状花序及外轮花开始分化的关键时期，不可一日中断，否则菊株在长日照下又转向营养生长，易形成柳芽。此后的花序发育期即使每周有一天未遮光，也影响不大，但是花期可能推迟1～2天。若在遮光期，自然日照已进入短日照时期，可停止人工遮光。

3. 温度

菊花开花除受光周期控制外，还受温度影响。以夜温15.6℃，日温较夜温高3～5℃最为理想。有些品种对温度不敏感，气温高低对开花影响不大，很适合露地栽培，如Shasta品种，在10～27℃范围内，开花很少受到抑制，最适用于周年开花。有些对低温很敏感，如Good new's品种，只要冬季加温，也可用于周年开花。

（四）周年供花

切花菊有很多类型，以自然花期划分，有夏菊、8月开花菊等（表15）。由表15可看出切花菊经各类型组合，自然花期可满足每年5月至翌年2月供花需要，而2～5月无花供应。必须通过人工补光，延迟花期，或人工遮光，提早开花，才能将花期控制在2～5月。自然花期和人为控制花期相结合，互为补充，即构成如下菊花周年供花的生产模式。

1. 依自然花期安排好不同的品种在不同的季节种植

按广东省农科院花卉研究所对南方地区通常栽培的切花品种观察，菊花对光照的反应及自然开花季节如下。

表 15　切花菊各种类型

名　称	自然花期
夏　菊	5～8 月
8 月开花菊	8～9 月
9 月开花菊	9～10 月
秋　菊	10～12 月
寒　菊	12 月～翌年 2 月

①对日照敏感型：如紫荷莲、金黄等，自然花期 12 月至翌年 1 月上旬。

②对日照中感型：如白莲、台黄、台北、日本黄等，自然花期 11 月下旬至 12 月。

③对日照钝感型：如虎爪黄，花期 5～6 月和 10 月中旬至 11 月上旬。

④对日照无感型：如元月黄，自然花期 6 月下旬至 10 月上旬。

2. 同一品种在不同季节种植，采用人工方法来调控花期

以下介绍的是指除广东、福建南部地区以外一些冬天比较冷的地方，为了抢市场提早上市的栽培措施。

（1）元旦春节切花菊的促成栽培

要使切花菊在元旦、春节上市，应选择在较低温度下能很好地完成花芽分化、并在生长过程中较耐寒的晚秋菊或冬菊，通过人工补光来推迟花芽分化，达到 12 月至翌年 2 月上市的目的。

育苗以 6 月底至 7 月上旬为宜，若太迟，定植时正遇夏季高温，易感病害，管理困难。定植适期为 7 月下旬至 8 月上旬，最后摘心日期应根据各地日照长短与所种植品种特性决定。以上海地区为例，立秋之后日照时数逐步小于 13.5 小时，应于 8 月 20 日开始补光。对生育期早的品种，在 8 月 25 日左右完成最后一次摘心；生育期晚的品种，需在 8 月 15～20 日完成。最后一次摘心不可太迟，否则菊株达不到所需高度，影响切花品质。独本菊因不摘心，可适当推迟定植日期，但最迟不宜超过 8 月底。若在 12 月下旬上市，则在 10 月中旬结束照明。若在 1～2 月上市，因遇低温，花芽分化发育往往推迟，从照明结束到开花的时间达 70～80 天，因此必须在 10 月下旬结束照明。白天阳光充足时，温室大棚要及时通风换气，保持日温 20℃左右、夜间最低温度 10℃以上。寒冷时期要注意保温加温。在 11 月至 12 月间，如花蕾发育过快，可稍许降低温度，如花蕾发育迟缓，可适当加温，促进发育，以此调节开花时间，适应上市需要。促成栽培月历如图 24。

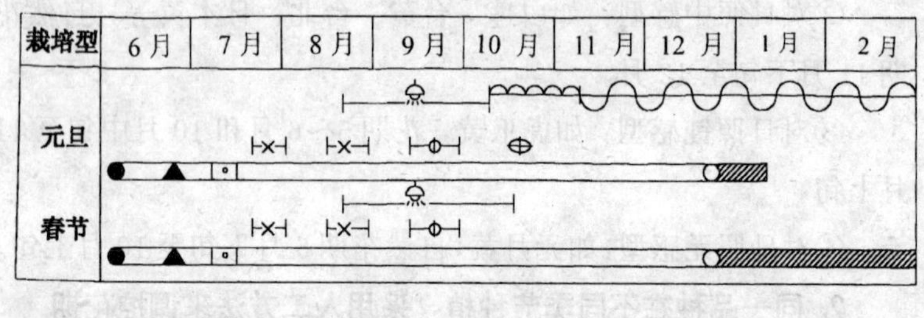

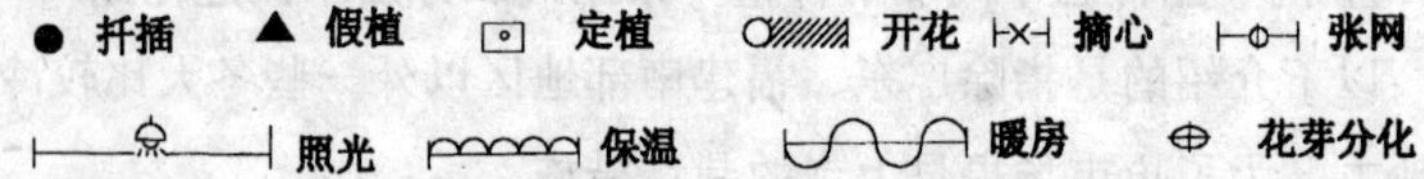

图 24 菊花灯光控制栽培月历

（摘自周学青《鲜切花栽培和保鲜技术》，1994）

（2）秋菊的促成栽培

要使秋菊在 3～5 月上市，以提高经济效益，需对秋菊进行促成栽培。切花如要在 3 月下旬上市供应，应在 10 月中下旬开始育苗；如要从 5 月上旬起上市供应，要在 1 月中、下旬开始育苗。选择耐寒且抗病力强的品种，幼苗生根成活后，以 5～10 厘米的间距假植于温床，盖上塑料薄膜保温，并让幼苗接受充足的阳光照射，使温床温度不低于10℃。20～30天后开始发根，幼苗生长，就可定植于温室。定植的株行距，大花品种为12厘米×12厘米，每平方米约60株；中花品种9厘米×9厘米，每平方米100株。定植后浇透水，2～3天后温室内温度稍微提高，有利幼苗生长。

在秋菊促成栽培中，定植后尚处于短日照时间，必须及时进行人工补光，以抑制花芽分化，促进营养生长，同时温度也影响秋菊在促成栽培时花芽的分化。温室要注意通风透气，在定植初期，温度不能超过13℃，随着植株生长壮大，温度可逐渐升高，控制在白天15～20℃，夜间10℃左右进行日常管理。当植株长到30厘米高后，停止人工补光，植株进入花芽分化期，此时温度应保持在白天20℃，夜间15℃，有利花芽分化。花芽分化后至开花约需45～60天，可在所需的时间切花上市。

(3) 秋菊的半促成栽培

如果没有加温温室，可对秋菊进行半促成栽培，以5月中旬至6月下旬供花为目标。

取冬芽苗假植在5℃左右的低温温床中，给予充足阳光，使幼苗生长健壮，至2月上中旬定植于不加温的温室内，株行距需适当放宽，中花型按12厘米×12厘米定植，大花型按15厘米×15厘米定植，至4月上中旬，植株已达30厘米高，开始进入花芽分化期，但此时日照时间逐步变长，如日照长于12.5小时，则无法满足菊花花芽分化所需的短日照时数，因此从4月上、中旬应开始人工遮光，共遮光45～55天，直到花蕾显色为止，5月中、下旬切花便可上市。

遮光使温室密闭不透气，要注意通风降温。当温度在20℃左右时，能促进花芽分化和发育；若温度达到30℃时，遮光反而抑制花芽分化。

(4) 夏菊的促成栽培

由于夏菊对日照不敏感，只要温度合适，生长至适当时候即可进行花芽分化，形成花蕾开花。花芽分化的适温，早花系品种为 13～15℃，一般品种为 15～20℃。

为赶早上市，夏菊的促成栽培，一般采用分株法繁殖幼苗。8 月中、下旬剪去健壮母株的地上部分，培土施肥，促进脚芽分生，到 11 月下旬假植于简易温床中，进行保温防寒。1 月下旬将母株掘出进行分株，挑选生长良好、长约 10 厘米左右、无病虫害的健壮脚芽定植于栽培室内，适当加温至 3 月下旬，4～5 月便可供花。若分株苗推至 2～3 月定植，供花期约在 5～7 月。

(五) 采收包装

1. 采收

①采收适宜时期：在菊花适宜的生育阶段采收，能使菊花保持更长时期的新鲜状态。菊花最适采收阶段与品种、季节、环境条件和市场销售等因素密切相关。如果市场较近，直接用于出售时，标准菊在外围花瓣充分伸长时采收。小花品种中，单瓣型于花开放前采收，托桂型在中心管状花开始伸长之前采收，绒球型在中心花充分开放时采收。切花采后的发育和瓶插寿命在很大程度取决于植物组织中碳水化合物和其他营养物质的积累。因此，标准菊切花的采收时间，在夏季采切的发育阶段应早些，约花开至五至六成时采收；在冬季则应晚些，花开至七至八成时采收，以保证它们在花瓶中能正常发育。

需长途运输或长期贮藏的切花菊应在蕾期采收。菊花在花蕾期一般对环境条件敏感性低，采后受不利环境影响较小，并且花蕾更不易受损，占据空间少，便于包装运输。但蕾期采收，应注意花蕾的发育程度，过早采收，难以开放。一般标准菊在花蕾直径约5厘米时剪切，小花品种在花茎上第一朵花充分发育时即可剪切。为确促质量，蕾期采收的切花贮运前需用预处理液处理，在销售前需插入花蕾开放保鲜液中，才能使花正常开放，否则水养无法使花蕾开放。

②采收时间：切花采收时间需考虑当天气候及植物生理的变化。清晨采收，可使菊花含水量高，显得有生机，很适合短距离销售。因清晨空气湿度大，切花潮湿，较易感染真菌性病害，对长途运输是很不利的。傍晚采收，菊株经一天的光合作用，体内积累大量碳水化合物，有利瓶养及贮存，要尽量避免在高温（高于27℃）和高强度的光照下采收。采后应尽快预冷处理田间热，以防止水分丧失。

③采收方法：剪切部位应尽可能使花茎长些，但若剪切位太低，茎基部因木质化程度过高，会导致吸水能力下降，缩短切花寿命。菊花采切位置宜在距地面10厘米左右，此处花茎木质化程度适当。采收时要用锋利的刀剪，这样剪口光滑，避免压破茎部、导致植株体内汁液渗出，从而微生物容易侵染，使茎内导管阻塞。剪截时应使茎端形成一斜面，以增加花茎吸水面积。采取后应在冷凉处进行采后处理，及时除去花枝下部1/3左右的叶片，以减少水分蒸发。

2. 分级

按一定标准对菊花进行分级，有利正确评估切花质量，确定相关质量的价格。目前我国对切花菊尚无明确的分级标准，国际上广泛使用的有欧洲经济委员会标准（ECE）和美国标准。

（1）欧洲经济委员会标准

位于瑞士日内瓦的联合国欧洲经济委员会(ECE)建立了一套有关切花的质量标准(1982年)。它将切花划分为三个等级：特级、一级和二级（表 16）。

表 16　一般外观的 ECE 切花分级标准

等　级	对切花要求
特级	切花具有最佳品质，无外来物质，发育适当，花茎粗壮而坚硬，具备该种或品种的所有特性，允许切花的 3%有轻微的缺陷
一级	切花具有良好品质，花茎坚硬，其余要求同上，允许切花的 5%有轻微缺陷
二级	在特级和一级中未被接收，但满足最低质量要求，可用于装饰，允许切花的 10%有轻微缺陷

多花型特级切花必须有不少于 5 朵显示其色泽的花苞。一级和二级必须分别附着 4 朵和 3 朵花。所有级别的标准菊和多花型菊的花茎都必须符合表 17 中列出的长度要求。

表 17　菊花切花茎长度 ECE 标准

代　码	花茎长度（厘米）
20	20～30
30	30～40
40	40～50
50	50～60
60	60～70
70	70～80
80	80～90
90	90～100
100	大于 100

（2）美国标准

美国花卉栽培者协会 SAF 对菊花制定出分级标准，分级术语采用“蓝、红、绿”称谓，大约相当ECE的特级、一级和二级分类（表18）。

表18 美国菊花分级标准

级别	最小花直径（厘米）	最小花茎长（厘米）
蓝	14.0	76
红	12.1	76
绿	10.2	61

引自J. Nowak和R. M. Rudnicki，1990

3. 包装

鲜切花的包装必须能保护产品免受机械伤害、水分不丧失或不受不良环境的影响。包装工具需有足够强度，经得起正常搬运和码垛，以便在运输和上市过程中保持良好质量。菊花采收经分级后，用塑料薄膜将花头罩好。以防花朵挤压碰伤，标准菊一般以10枝或20枝为一束，多头小菊以250～300克为一束，每束均以报纸或柔质塑料薄膜包裹，以保护叶片及花朵，然后装入瓦楞纸箱即可上市或运输。

（六）保鲜处理

为了菊花采后能保持最佳品质，延缓衰老，增强抵抗外界环境变化的能力，常用各种不同的花卉保鲜剂在采收、运输、贮藏、销售等各环节中对菊花进行处理。

1. 茎端浸渗

菊花采收后应尽快将茎插入含有杀菌剂的水中，防止茎端导管被微生物侵入或茎自身腐烂引起导管阻塞而吸水困难。菊花最有效的杀菌剂是硝酸银（$AgNO_3$）溶液，有效浓度为25×10^{-6}，或者用 0.1％硝酸银溶液速浸 5～10 分钟。由于硝酸银在茎中只能移动很短距离，处理后茎端不必再行剪截。

2. 吸水处理

在菊花采后处理过程或贮藏运输过程发生不同程度失水时，要进行吸水处理,即用水分饱和方法使萎蔫的切花恢复细胞膨压。用去离子水或干净水配制含有杀菌剂和柠檬酸的溶液，pH 值为 4.5～5.0，加入润湿剂吐温-20（0.01％～0.1％）。将菊花插入上述溶液，溶液深 10～15 厘米，浸泡几个小时。萎蔫较严重的，可先将整株菊花没入水中浸泡 1 小时，然后按上述吸水步骤进行处理，或把菊花茎末端插入 80～90℃热水中烫几分钟，再转入冷水中浸泡，有利恢复细胞膨压。

3. 脉冲处理

脉冲处理是把花茎下部置于含有较高浓度的糖和杀菌剂溶液（又称脉冲液）中数小时至 2 天，目的是为切花补充外来糖源，以延长随后在水中的瓶插寿命。脉冲液中主要成分为蔗糖，最适宜菊花的浓度为 2％～5％。脉冲处理对延长切花的采后寿命有很高价值，能促进菊花花蕾开放更快、显色更好、花瓣更大。脉冲处理一般在运输前进行，对于长期贮藏或远距离运输具有更重要作用。但是要特别注意掌握脉冲处理的最适时间、浓度、光照和温度，如果脉冲液浓度过高、处理时间过长、处理时温度过高，均会导致花朵和叶片的伤害。

4. 花蕾开放液处理

蕾期采收的菊花在清水中无法正常开放，必须经过花蕾开放液的处理，配合适当外部环境条件，才能开放良好。菊花花蕾开放的适宜温度为 19～21℃，相对湿度 40％～70％，光照用连续荧光 1000 勒克斯。花蕾开放液中最适宜的蔗糖浓度依不同品种而异，从 2％～30％不等。若在糖液中加入每升 25 毫克的硝酸银和

75毫克的柠檬酸，或200毫克8-羟基喹啉柠檬酸盐（8-HQC），则切花品质最佳，甚至比同一品种在母株上开放的花朵更大，叶片无伤害，对灰霉病的侵染不太敏感。8-HQC浓度不可过高，尤其是白色菊花，过高的浓度可在花瓣上产生黄斑。

在商业性花卉保鲜液中，荷兰的AAdural AK是较好的一种花蕾开放液。花蕾可在温室内促开，但应防止过强的光照。花蕾开放期约5～7天，类似夏季花朵在母株上的开放时间。在冬季，花蕾在花蕾开放液中3～4天即可开放，比长在母株上的花朵开得更快。

5. 花卉保鲜剂处理

为延长菊花瓶插寿命，抑制有害微生物滋生，瓶插时可选用花卉保鲜剂进行处理。适用于菊花的瓶插液为每升溶液中含35克蔗糖、30毫克硝酸银和75毫克柠檬酸。

家庭插花时可就地取材，选用以下几种简易的保鲜法。

①用980毫升开水、20毫升酒精、20克糖配成含2%糖的含酒精水溶液，将切花插入3～4厘米，每2天换液一次。

②在1升水中加入蔗糖20～40克、硼酸150～200毫克（或柠檬酸）、维生素C 100毫克，另加少许食盐，每3～4天换一次。

③在1升水中加入1片碾成粉末的阿斯匹林和2片维生素C，有杀菌防腐、减少蒸腾作用。

④0.01%～0.5%的明矾液。

⑤2%～5%的洗洁精溶液，能杀灭水中细菌，活化水质。

⑥在剪口处涂少许薄荷晶。

（七）贮藏与运输

菊花的贮藏能有效地延长它的销售季节，调节假日的大量需求。尤其是需要进行长途运输时，贮藏技术更显重要。

1. **贮藏技术**

影响菊花贮藏时间长短的主要因素是菊花本身遗传特性及贮藏期间外部的环境条件。调节有关贮藏环境因子，能延长菊花的贮藏期，保证切花的优良质量。

用于贮藏的菊花最适宜在花蕾发育期采收，这样，花蕾的呼吸作用比开放的花弱，植物体内物质消耗慢，贮藏期较长。蕾期切花占据较少的贮藏、包装和运输空间，能提高经济效益。蕾期菊花贮后，若直接插入水中，花蕾发育和开放不佳，需使用花蕾开放液处理。

菊花贮藏可分为干贮和湿贮。干贮是将菊花用纸或薄膜包裹。湿贮是将菊花保存在水中，一般湿贮的贮期比干贮长些。在贮藏期间，保持低温是成败的关键，把温度降至最适贮温可缓解切花的衰老过程，延长贮存期。菊花在－0.5℃处，可贮藏 6～8 周；在 0～0.5℃间，可贮藏 3～4 周：在 1℃处，最长只能贮藏一周；在 2～7℃处贮藏，易感染灰霉病，不宜采用。因植物呼吸作用会产生大量热量，菊花采收后应迅速预冷，立即置于冷库中，快速除去田间热。在菊花置于冷库前，温度应先冷却至最适宜温度；切花入库后，温度应保持恒定，温度变化越小，贮藏效果越好，因为温度波动会使水蒸气凝结在植物体或包装材料上，增加菊花感染病害的危险性，尤其对干贮的菊花更为明显。

菊花贮藏时应保持 90％～95％的高湿度。如果贮藏在干燥的大气中，植物通过气孔和表面进行蒸腾，将使水分大量散失，导苗；如要从 5 月上旬起上市供应，要在 1 月中、下旬开始育苗。选致萎蔫。菊花长期放置黑暗中会引起叶片黄化，贮存时，可用500～1000 勒克斯光照照明，且包装袋和容器盖应是透明的。

2. 运输

菊花在远距离异地销售时，长时间的运输将加快花在切后的发育和老化速度，促使切花萎蔫、病害发生和花朵褪色。因此运前需做好切花吸水硬化，冷却去除田间热和包装处理等工作。因菊花对灰霉病较敏感，在切花采前或采后应喷杀菌剂，以防在运输过程中发病。运输过程中，其温度、湿度及光照需参照贮藏要求和标准，才能保证切花有良好的上市质量。

九、病虫害防治

当菊花受到真菌、细菌、病毒、线虫等生物侵染时，生理机能将改变，这导致了植株形态的变化，在细胞组织或器官中表现出各种不同的病征。害虫则直接取食或刺吸植株的茎、叶、花、根等，影响菊花的吸收功能和光合作用，造成褪绿、畸形等症状。害虫取食形成的伤口和分泌物的积累，常引起病菌的侵染，导致病害发生。病虫害的发生将导致菊花生理失调，发育不良，观赏价值降低，严重时植株局部或全株死亡。

病虫害的防治必须坚持“预防为主，综合治理”的原则，通过各种途径，有效地预防病虫害的发生或减轻为害程度，减少损失。防治途径主要有以下几种。

1. 植物检疫

通过政府专门机构，对检疫性病原物进行检疫，防止从病区传播到无病区。

2. 栽培措施

改进栽培技术，加强日常管理，创造有利植物生长的环境，是防治病虫害最基本的方法。通过留用无病种苗、进行轮作栽培、保持庭园清洁卫生、合理施肥浇水等措施，均能有效地减少病原物的传播。

3. 选用抗病品种

不同菊花品种间抗病性存在差异，在栽培或育种工作中可选用抗病品种。

4. **生物防治**

生物防治是利用对植物无害的生物来防治病虫害的方法，其作用表现有抗菌、溶菌、重寄生、竞争等，如用野杆菌孜射菌株84防治细菌性根癌病，用青虫菌防治菜青虫，用瓢虫防治蚜虫等。

5. **物理方法**

通过人工挑选、热力处理、黑光灯照射等方法处理种苗及土壤，达到防治目的。如用土壤蒸气处理30分钟，大部分病原物可被杀死。又如采用成虫的趋光性，夜晚用黑光灯进行诱杀。

6. **化学防治**

利用化学药剂防治病虫害是目前最主要的防治方法，可采用喷雾、喷粉、种苗处理、土壤处理等不同方式。选用药剂时应注意多种药剂轮流交叉使用，以防病原菌及害虫产生抗药性。

现在介绍几种家庭种菊花防治病虫害的小方法，简单方便，行之有效，既可避免药剂污染环境，还可增强养分，促使植株生长旺盛，花茂叶繁。

①大蒜浸剂：用20～30克大蒜，捣碎后浸提汁液，稀释在10升水中，立即喷洒在被害植株上，对蚜虫、红蜘蛛、介壳虫、灰霉病、根腐病有效。若用大蒜老叶或茎切碎后拌入培养土，充分腐熟后上盆，可在一年内不发生或少发生各种虫害。

②洋葱浸剂：用20克洋葱鳞瓣，浸入1升水中，浸泡24小时后过滤，给被害植株喷洒2～3次，每次间隔5天，可防治红蜘蛛和蚜虫。

③烟草浸剂：用40克烟草粉，浸入1升水中，浸泡48小时，过滤后加等量水稀释，再加入肥皂2～3克，溶解后喷洒，可防治蓟马、蚜虫等。

④巧用草木灰：用300克草木灰，浸入1升水中，浸泡48小时，澄清后喷洒在植株上，可防治蚜虫等。或在花盆面经常撒施

草木灰，能降低灰霉病的发病率，同时增加钾肥，促花艳丽。

⑤氨水注射：当茎秆受吉丁虫、木蠹蛾等蛀虫为害时，在幼虫孵化期、成虫羽化前或幼虫越冬时从虫道上孔用注射器一次注入20%的氨水20～30毫升，用粘土或接蜡密封蛀孔30～40分钟，即能杀死幼虫或蛹。

⑥小苏打喷洒：用0.1%的小苏打溶液细匀喷洒受害植株，对白粉病的防治率可达80%以上。

⑦碘酒涂沫：制作小盆菊盆景时若遇主干腐烂，除去腐烂部分后用碘酒涂抹，隔7～10天抹一次，可彻底治愈，且主干斑疤轮突，更显苍老奇特。

⑧蚊香烟熏：用含除虫菊酯的蚊香点然后放在盆中，再用塑料套连盆封闭，烟熏50～60分钟，可杀死红蜘蛛的卵和成虫。

（一）主要病害

1. 菊花斑枯病

菊花斑枯病分为黑斑病和褐斑病两种，这是菊花最普遍的病害，我国栽培地区均有发生，也危害野菊、甘菊等多种菊科植物。

（1）症状

主要为害叶片。叶片被害初期，病斑为褐色小圆点，后扩展为圆形、椭圆形或受叶脉限制呈不规则形，严重时多数小斑融合成大斑块。后期病斑上出现密生的细小黑点，是病菌的分生孢子器。病害首先发生在茎基部的老叶上，逐步向上扩展，严重时导致叶片皱缩，干枯死亡，干枯的叶片悬挂在茎上，一般不会自行脱落。

（2）病原

黑斑病由壳针孢属的菊壳针孢菌引起，病斑较小，大多边缘清楚，深褐色至黑色；褐斑病由菊粗壮壳针孢菌引起，病斑大达1～1.5厘米，呈褐色，轮廓模糊，常融合成一片（图25）。

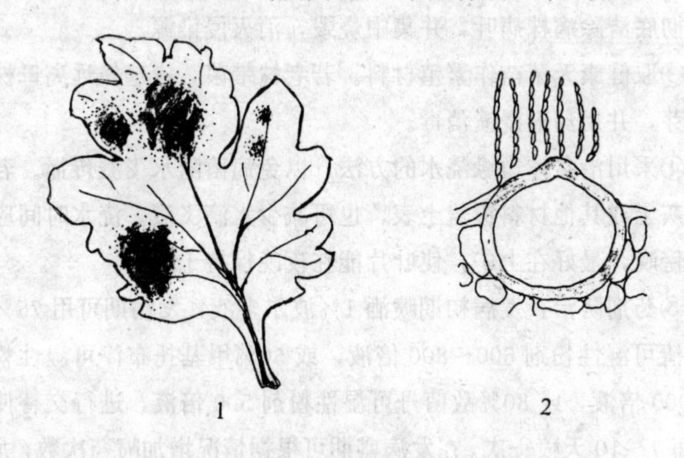

图25　菊花斑枯病

1. 被害叶片　2. 病原菌

（3）发病规律

病菌以菌丝或分生孢子器潜存在病叶中越冬，可以存活两年，遇到适宜的气温便产生分生孢子，随着风雨传播为害。病菌发育最适温度为24～28℃，侵入植株后20～30天开始发病。多雨潮湿，浇水不当，植株过密，通风不足，或让湿叶过夜，均有利病菌侵染扩展。菊花在整个生长期均可能感病，尤以高温多雨的8～9月发病最为严重。

（4）防治方法

①选择抗病品种。不同的菊花品种对菊花斑枯病的抗性有一定差异，应淘汰抗病差、观赏价值较低的品种。较抗病品种有春水绿波、紫桂、湖上月、迎春舞、秋色、玉桃、紫云飞、紫雁飞霜等。易感病的品种有紫蝴蝶、新大白、火舞、蟹爪黄、香白梨、西施醉舞和归田乐等。

②选择排水良好、通风透光处种植菊花。栽植地要轮作深翻，盆栽土要每年更换。种植不可过密，要增大植株内通风透光度。花后要彻底清除病株病叶，并集中烧毁，消灭侵染源。

③取健康无菌苗作繁殖材料。若老株带菌，应选择远离母株的脚芽，并用药剂浸渍消毒。

④采用沿盆钵边缘浇水的方法，以免病菌随水飞溅传播。若用草灰土或其他材料覆盖土表，也可减少水滴飞溅。浇水时间应避免傍晚，最好在上午，使叶片能在夜晚保持干燥。

⑤药剂防治：发病初期喷洒1%波尔多液，发病期可用75%百菌清可湿性粉剂500～800倍液，或50%甲基托布津可湿性粉剂1000倍液，或80%敌菌丹可湿性粉剂500倍液，进行交替使用，每7～10天喷一次。在发病盛期可根据情况增加喷药次数，尤其是在雨过天晴之后，应马上喷洒预防性药剂，如用代森锰锌可湿性粉剂600～800倍液。

2. 白粉病

(1) 症状

主要为害叶片，幼嫩的茎叶更易感染。温室及露地均有发生。感病初期，叶片出现黄色透明小点，后面积逐渐扩大，相连成片，形成白色或灰色的粉霉层。严重时感病的叶片扭曲变形，枯黄脱落，茎秆弯曲，植株矮化不育。

(2) 病原

白粉病的病原为菊粉孢霉菌，有性阶段为二孢白粉菌。

(3) 发病规律

病菌在病株残体内越冬，由风雨传播，主要发生在秋季。空气湿度大、通风不良、光照不足时容易诱发。当菊花受到一定程度的干旱影响或栽培管理不善、造成植株生长势弱时，发生更为严重。

（4）防治方法

①清园处理：拔除病株，清扫病残落叶，烧毁或深埋，可大大减少病原物的传染来源。

②加强生产管理，栽植不要过密，增加通风透光。避免过度施用氮肥，增强抗病力。浇水时注意保持叶片干燥。

③发病期可采用15%粉锈宁乳油1500倍液、或70%甲基托布津可湿性粉剂800～1000倍液或50%多硫悬浮液300倍液、或20%粉锈宁乳油2000倍液，或75%百菌清可湿性粉剂600倍液，每隔7～10天喷一次，连喷2～3次。

3. 锈病

（1）症状

主要发生在叶片，也为害茎秆，感病初期叶面产生淡黄色斑点，相应的背面出现典型的疮疤状突起，由白色逐渐变为黄褐色，不久，疮疤状突起开裂，散发出大量黄褐色粉末状孢子。严重时，菊叶上布满病斑，叶片卷曲，植株生长衰弱。

（2）病原

白锈病由柄锈菌属引起。冬孢子长椭圆形、棍棒形至纺锤形，黄褐色，顶部圆形成尖突，双细胞，分隔处微缢缩，基部狭窄，表面平滑（图26）。黑锈病由菊柄锈菌引起。

（3）发病规律

病原菌为短生活史型，一般在植株的新芽中越冬，随菊苗的繁殖而传播。病原菌喜冷凉，不耐高温，6℃以下或31℃以上不侵染，温暖多湿季节有利病害发生。

（4）防治方法

①留用无病害植株作母株，以防采用带菌新芽作繁殖材料。用代森锰锌溶液浸泡插穗，可预防插穗带菌。

②发病期间喷洒20%粉锈宁乳油1500倍液或80%代森锌可

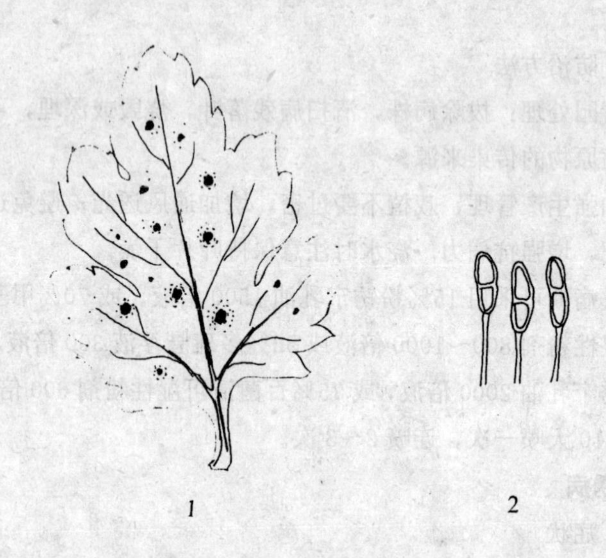

图 26　菊花锈病

1. 被害叶片　2. 病原菌

湿性粉剂 500～600 倍液，或 25％甲霜灵可湿性粉剂 800 倍液、或 50％甲霜铜可湿性粉剂 600 倍液、每公顷喷药剂 750～900 升（每亩 50～60 升），每隔 10～15 天一次，防治 2～3 次，可起良好防治效果。

③选择抗锈病品种。不同品种对锈病抗性差异较大。京白、新兴京白、朝红日品种较易感病，而桃金山、舞姬等品种抗病性较强。

4. 菊花白绢病

（1）症状

主要为害菊花根部和根茎部，病部显黄褐色至红褐色湿腐，有明显白色绢状菌丝体，多为辐射状，土壤潮湿尤为明显。病部产生许多白色至棕褐色菌核，呈圆球形，直径约 1～3 毫米。周围土面亦有菌丝层和菌核蔓延滋生，病株叶片变黄萎蔫，最终整株死亡。

（2）病原

病原为无孢菌目小核菌属的一种真菌。寄生范围广，为害多种花卉植物，其中以兰花、君子兰、凤仙花等最为常见。

（3）发病规律

主要以菌核在土壤中长期生存，条件适宜时，产生菌丝沿土隙裂缝蔓延侵入菊花根部或根茎部，有伤口时更易感病。

病菌可靠菌土或病苗远距离传播，菌核靠雨水、灌溉水流动传播。高温高湿是发病的主要条件。夏季高温多雨、最易发病，秋季于灌溉后病害大量发生，需注意排灌方式和防治。土壤潮湿、植株密集、通风不良时有利病菌蔓延为害。随菊花品种不同，感病程度也不同。其中银条凤尾、玉龙飞舞、银丝耳、金霞万道、黄金龙、白毛菊、紫红松针、瑞雪、女王冠等较易感病。

（4）防治方法

主要以预防为主，减少病菌侵染的可能性。

①夏季多雨季节，畦面覆盖稻草，防止雨水飞溅，亦可降低土温，有利菊花生长。

②采用独立排灌水系统，防止菌核随流水传播。

③选用抗病品种，对菊苗进行种前消毒。

④加强整枝疏枝，增加通风透光。

⑤避免连作，选用无病地栽植，结合翻地，每公顷掺施1500～2250千克石灰（每亩100～150千克），使土壤微碱化，可抑制白绢病菌繁育。

⑥发现病株及时拔除烧毁，并挖除周围土壤，病穴撒石灰粉，且用40%五氯硝基苯，加细砂配成1∶200倍药土，施予病株穴中，每穴100～150克，隔10～15天一次，可预防病菌蔓延侵染，效果较好。

⑦药剂防治：采用70%甲基托布津可湿性粉剂800倍液或

75％百菌清可湿性粉剂1000倍液，每隔7～10天喷雾一次；夏季病害多发，可每隔4～5天喷雾，有一定防治效果。还可用20％甲基立枯磷乳油1000倍液，或90％敌克松可湿性粉剂500倍液淋灌植株根部，每株（盆）淋灌0.4～0.5升，每隔10天1次。

5. 枯萎病

（1）症状

菊花生长期常发生，初期发生缓慢，下部叶片变淡，无光泽，并逐步向上发展，轻病株类似缺素症，严重时全株叶片下垂枯萎。因病菌随维管束传播，常使植株一侧的茎叶出现萎蔫下垂，而另一侧仍生长正常。症状出现后，茎部维管束通常变褐色，外皮出现黑色坏死条纹，根部逐渐变黑腐烂，导致整株枯死，整株常死后立而不倒，故又称菊花立枯病。

（2）病菌

病原真菌为*Fusarium*、*oxysponum*。

（3）发病规律

病菌存活于病株或土壤中，是土传病害，发生的适应温度为27～32℃，21℃发病趋向缓和，15℃以下则不再发生。夏季高温多雨季节，发生严重。据报道，枯萎病的发生与根结线虫为害有一定的相关性。

（4）防治方法

①对土壤进行热力灭菌或药剂消毒。每平方米施用40克溴甲烷，覆膜熏蒸72小时；或每30～50厘米打孔（孔深15厘米），每孔注3～5毫升氯化钴，覆膜7～10天；或用50％多菌灵粉剂每公顷30千克（每亩2千克）混入细干土30千克，配制成药土，混匀后均匀撒入定植穴内。

②用50％多菌灵可湿性粉剂500倍液，或高锰酸钾800～1500倍液浇灌植株根部周围土壤，每株灌药0.25千克，隔5～7

天一次，共2～3次。有防治效果。发现病株可立即拔除，集中烧毁。

③采用40%多菌灵胶悬剂400倍液，或50%甲基托布津可湿性粉剂400倍液喷雾，间隔7天一次，防治2～3次。

④用70%敌克松10克，加面粉10克调成浆糊状，涂于患处，对基部开裂的病株有良好的疗效。

⑤选育抗病品种或抗病砧木。菊花品种中粉牡丹、万紫千红较易感病。

6. 灰霉病

（1）症状

主要为害叶、花、茎等部位。叶片边缘呈褐色病斑，表面略显轮纹状波皱，叶柄先软化，然后外皮腐烂。花瓣初期出现小的水渍状褐斑，潮湿条件下，迅速扩展软腐，有时未开放花的尖端受害。茎受害时，皮层环状坏死。受害的花和叶片腐烂后覆盖一层灰霉层（图27）。

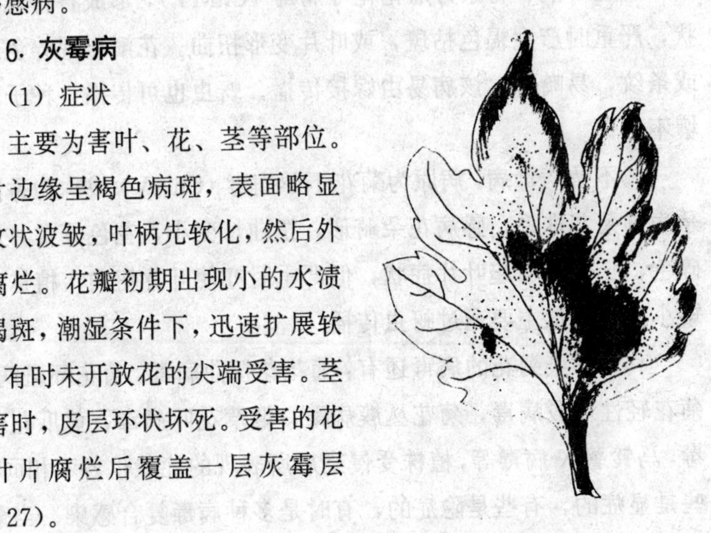

图27　菊花灰霉病（被害叶片）

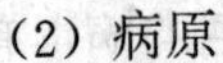

（2）病原

病原真菌为灰葡萄孢霉。

（3）发病规律

病原主要在土壤中越冬，在10～16℃的冷凉及高湿度环境萌发大量分生孢子，靠空气流动和浇水时水滴飞溅在植株间传播，当栽培过密、施氮过量、土壤质地粘重时都有利病害发生。

（4）防治方法

①客土栽植，或进行水旱轮作，改良土壤，增强排水透气性。

②温室内应增强通风透光，降低空气湿度。

③增施磷、钾肥，避免单施氮肥或氮肥过多。

④定植前用代森锌 300 倍液浸 10～15 分钟，发病期可用 0.3～0.5 波美度的石硫合剂或代森锌 600 倍液喷洒防治。

7. 病毒病

（1）种类

病毒病是菊花重要病害之一，分布广泛，种类很多，达 20 多种。

①花叶病：病原为菊花花叶病毒（ChMV），形成各种花叶症状，严重时产生褐色枯斑，或叶片变形扭曲。花瓣出现碎色斑块或条纹，易畸形。该病易由嫁接传播。蚜虫也可传播，种子和土壤不传毒。

②不孕病毒病：病原为菊花不孕病毒（ChAV）或称为番茄不孕病毒菊花株系，感病花朵畸形，扭曲，变小，花色异常，出现碎色，一般不引起叶片症状，但严重时亦使叶片扭曲，植株生长矮小。该病毒主要通过蚜虫传播。

其他感染菊花的病毒还有：菊花花扭曲病毒，菊花环斑病毒，菊花轻性斑驳病毒，菊花丛簇病毒，烟草花叶病毒，黄瓜花叶病毒，马铃薯 X 病毒等，植株受侵染后所表现的症状也各不相同，有些是显症的，有些是隐症的，有时是多种病毒复合感染。当菊株表现花叶、畸形、矮化、斑驳、丛簇时，应考虑是否与病毒有关，确诊的要积极防治。

（2）防治方法

目前对病毒病尚无有效的防治药物，栽培管理应以预防为主。

①采用无病种苗：用热处理种苗或茎尖组织培养脱毒苗，或采用检疫培养法生产无毒种苗。

②消除传染源：烟草、黄瓜、马铃薯、番茄等作物均易携带多种病毒，应远离种植。

③消除传播途径：彻底防治蚜虫、螨类等刺吸式传毒介体昆

虫。避免整枝、抹芽、剥蕾时人为的汁液传播。如发现病株，及时拔除。

④选育抗病毒病的品种。

8. 花腐病

(1) 症状

对花朵为害严重，也侵染茎、叶等部位。若花芽早期受侵染，将变黑枯萎，不能开放；开放的花朵受侵染时，常形成一侧开放一侧畸形；并由小花基部逐步向下扩展至花序轴及花梗，整朵花腐烂下垂。高温多湿时，病害发展迅速，花部因明显快速感病腐烂而称“疫病”。叶片受害，病斑多见于叶缘，向内扩展成不规则形，后期扭曲枯黄。茎部受害多发生于与腐烂叶片连结处，不规则长条形，呈褐色至黑色（图 28）。

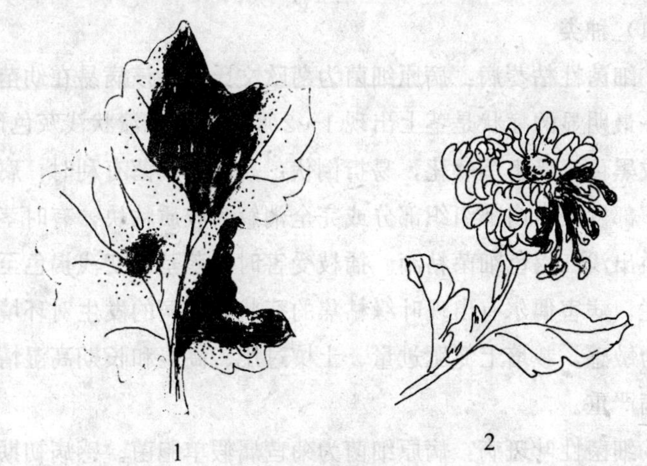

图 28　菊花花腐病

1. 被害叶片　2. 被害花

(2) 病原

有性阶段为菊花黑斑小球壳菌，无性阶段为菊壳二孢。分生孢子器球形，分生孢子细长椭圆形，有隔膜 0～2 个。

（3）发病规律

病原菌以分生孢子及子囊壳在受害残株上越冬，能耐－20℃低温。分生孢子随风雨传播，在高湿及24℃左右环境下迅速萌发，形成分生孢子器。在高温干燥环境下孢子萌发较差。

（4）防治方法

①彻底清除枯老枝条及病残体。

②切花生产时，从小植株开始交替喷洒75％百菌清可湿性粉剂600倍液和70％代森锰锌粉剂500～800涪液，每7～10天一次。花芽形成后，用药剂量应适当减少。

③花蕾显色后应避免直接向植株喷水，以防病菌随水侵入。降低湿度，可减少孢子萌发。

9. 细菌性病害

（1）种类

①细菌性枯萎病：病原细菌为菊欧文氏菌。该病易在幼苗上发生，最明显的症状是茎上出现1～2厘米长的水渍状浅灰色斑，后变成黑色，受害茎软化，易折倒伏。条件对病菌有利时，腐烂向茎下部发展，内部组织部分或完全消解为胶质粘块，有时茎开裂，溢出浅红褐色细菌粘滴。插枝受害时，茎基部变浅褐色至黑色腐烂，病害偶尔有出现叶缘枯焦的症状。该病的发生对环境条件极为敏感，栽培上氮肥过量、土壤过肥、高温和长期高湿情况下发病严重。

②细菌性叶斑病：病原细菌为菊苣属假单胞菌。感病初期在叶上形成圆形或椭圆形病斑，后扩展并互相连接成不规则大斑，深褐色至黑色。空气潮湿时，病斑软化成水渍状；干燥时脆硬，具同心轮纹，可下陷、脱落、穿孔。有时病斑可蔓延至叶柄及茎上。该病在多雨潮湿时发生严重（图29）。

③青枯病：病原细菌为青枯假单胞菌。病菌在残体内越冬，随

风雨、土壤等传播，从根茎部分侵入，为害维管束，全株叶片突然失水萎蔫，根部变褐腐烂，整株枯死。将根或茎横切，可见有污白色或黄褐色细菌粘液溢出。将茎纵切，可见茎基部维管束为黑色，向上渐淡变为褐色。栽培中氮肥过多及高温高湿时发病严重。

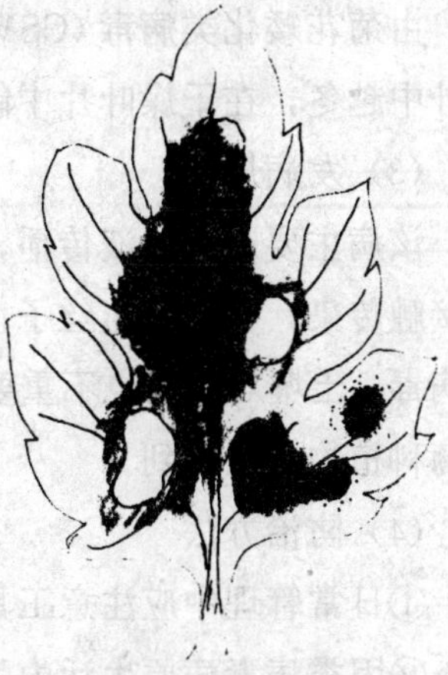

图 29 细菌性叶斑病（被害叶片）

（2）防治方法

①彻底清除园中残病植株，进行土壤消毒，或与禾本科水生植物轮作栽培。

②采用无菌苗生产繁殖。插穗可无病状带菌，扦插前应在生根溶液中加入 100 万单位硫酸链霉素 500 倍液，可起消毒作用。

③采取插穗或整枝、抹芽、剥蕾时，刀剪等用具及手应消毒，防止带菌传播。

④栽培管理中不可过多施氮肥，增施钾肥或用 10^{-5}浓度的硼酸作根外追肥，可提高抗病力。

⑤发病期间喷洒高锰酸钾 800～1000 倍液，或 72％农用链霉素粉剂 4000 倍液，或 1：2：（300～400）波尔多液，每隔 7～10 天 1 次，连续 3～4 次。

10. 矮化病

（1）症状

株型矮化，丛生，分枝黄化变细，叶片花朵变小，花期提前，红色花、粉色花及黄色花常褪色或显碎色。植株感病后 6～8 个月出现症状。

（2）病原

由菊花矮化类病毒（CSV）引起。该病原可在受害植物体内或落叶中越冬，在干燥叶片中能保持2年以上的传染力。

（3）发病规律

该病主要通过汁液传播，修剪、整枝、抹芽时通过工具或手指接触传染，种子和菟丝子也能传毒，但蚜虫或其他昆虫不传播该病毒，土壤对传病也不重要。类病毒对寄主有专一性，CSV仅在菊科植物上检测到。

（4）防治方法

①日常管理中应注意工具和手的消毒。

②因类病毒病原生活力强，应及时清除种植园中的枯枝落叶及周边杂草，尤其是菊科植物和能传毒的植物。

③扦插嫁接时，选用健康无病的母株。

11. 叶线虫病

（1）症状

主要为害叶片，也侵染花及幼芽。感病初期在叶背出现微小浅黄褐色病斑，后逐渐扩大，因扩展范围受叶片较大叶脉的限制，使病斑呈现其特有的三角形褐色坏死斑，严重时病斑相互愈合成片，使叶片枯黄变脆，有时出现歪扭卷曲，不易脱落。幼芽受害，常引起芽枯和死苗。花芽受害后花不能正常开放（图30）。

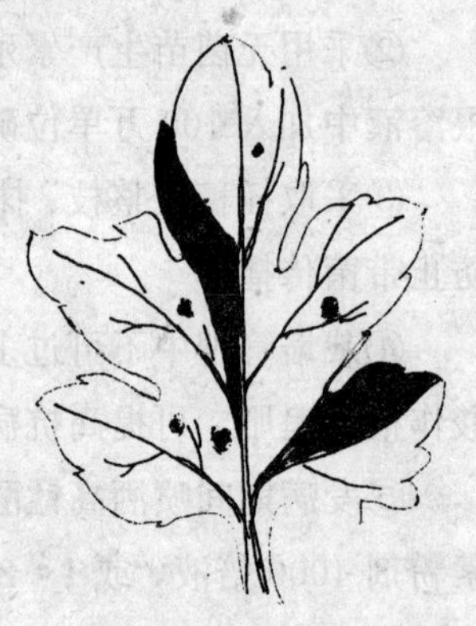

图30 菊花叶线虫病

（被害叶片）

（2）病原

病原线虫为菊花芽线虫。雌雄虫同为蠕虫形，极细，成虫长约0.7～1.3毫米。该线虫为害植物极广泛，在自然界还存在野生寄主。

(3) 发病规律

线虫在土壤、枯枝落叶或受害植株的芽点内越冬。它能在寄主的芽或叶内长期存活，干燥条件下可存活 2 年。晚春早夏开始活动，侵染新芽，经雨水、浇水淋溅和气流刮起碎叶细土传播。线虫靠水膜在茎秆上爬行，从叶片气孔或伤口侵入，在细胞间蔓延，整个发育周期在叶内或其他被害组织内完成，在温度适宜及湿润环境下，完成一个生活周期约 10～13 天，一年可发生 10 代左右。线虫引起受害组织细胞坏死崩溃后离叶，再次为害。

(4) 防治方法

①彻底清除病株、病残落叶，以及周边能带病的寄主植物。

②避免连作或用病土繁殖幼苗，进行土壤消毒，每平方米用 3%甲醛溶液 10 升，熏闷 2～3 小时，通风 15 天后可种植。

③定植前穴施米乐尔、呋喃丹、益舒保、克线磷等颗粒剂作土壤处理，每公顷施 60～75 千克（每亩 4～5 千克）。

④插条用 50℃水处理 10 分钟，或用 55℃水处理 5 分钟，可杀死线虫。

⑤精心管理，仔细浇水，防止喷水飞溅以减少传播。

⑥生长期用 40%甲基异柳磷乳剂 200～300 倍液，50%辛硫磷乳油 1500 倍液灌根，每株用 0.25～0.5 千克药剂，连续灌两次，效果良好。

（二）主要虫害

1. 蚜虫

蚜虫是菊花的主要害虫，主要群聚于芽、叶、花蕾等植株幼嫩部分，以成蚜和若蚜为害，以其刺吸式口器吸吮植株的汁液，影响植物正常生长。被害叶片卷曲变形，失绿黄化，幼叶不能正常展开。花期为害花梗、花蕾，使开花不能正常。蚜虫能分泌大量的蜜露，诱发严重的煤污病，降低菊花的观赏价值。蚜虫还能携带传播多种病毒，所造成的危害远大于蚜虫本身。为害菊花的蚜虫主要有菊小长管蚜、桃蚜和棉蚜。

（1）菊小长管蚜

①形态特征：无翅胎生雌虫长约 2.5～3 毫米，若蚜体色为褐色，成蚜体色为赤褐色至黑色，有光泽；触角、足、腹管为暗褐色；触角略长于体长。有翅胎生雌虫长约 1.7 毫米，体色为暗褐色，身体斑纹较无翅型显著，其若蚜体色较浅，形似成蚜（图31）。

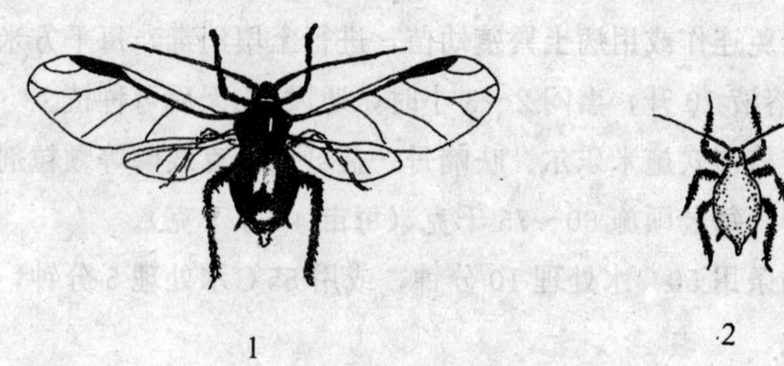

图 31　菊小长管蚜

1. 有翅胎生雌虫　2. 无翅胎生雌虫

②生活史及习性：菊小长管蚜在北方寒冷地区以卵越冬，南方则以无翅胎生雌蚜在菊株叶腋、芽旁及其他寄主上越冬。3 月天气回暖后开始活动增殖，产生有翅胎生雌虫，迁飞到新植株上为害，4～5 月为繁殖高峰期，夏季高温时繁殖量下降，至 9～10 月为第二次发生高峰期，11 月后逐渐减少。其发生代数随不同地区、环境而不同。在广东一年可发生 20 代，上海可发生 10 代，在温室内则可全年繁殖。

③防治方法：首先是农业防治，即菊花收获后或花期后，及时处理残枝败叶，铲除田间杂草，消灭越冬蚜虫。也可利用银灰色反光塑料薄膜覆盖地面，或在大棚周围用剪成10～15厘米宽的银色薄膜条带“挂条”，每公顷用薄膜22.5千克（每亩1.5千克），可起很好的避蚜效果。要注意保护天敌，蚜虫的天敌有多种瓢虫、草蛉、食蚜蝇等，用药剂时避免杀伤天敌。

盆栽菊花可用8%氧化乐果微粒剂或呋喃丹颗粒施入土中，浇水后经植株内吸杀虫。也可用药剂熏杀，即用敌敌畏乳油250克，加水10千克稀释，然后倒入15千克麦糠充分拌匀，撒在0.2～0.27公顷（3～4亩）田中，杀蚜效果达90%以上。在大棚温室里，傍晚用花盆盛锯末或稻草等，洒上敌敌畏，放上烧红的煤球，点燃，使烟雾弥漫，效果很好。还可用药剂喷雾，即选用50%辟蚜雾可湿性粉剂2000倍液或40%氧化乐果乳油2000倍液或50%敌敌畏乳油1000倍液，或2.5%溴氰菊酯乳油2000～3000倍液喷雾。喷药时每公顷用药750～900千克（每亩50～60千克）。每一周喷1次，连续2～3次，在药液内加入0.1%洗衣粉作附着剂，效果更佳。蚜虫容易产生抗药性，应交替使用不同类型的药剂。

（2）桃蚜（又称烟蚜、菜蚜、腻虫）

①形态特征：无翅胎生雌蚜体长1.4～2.0毫米，体色淡，体表粗糙。头胸部黑色，复眼红色，背面有黑斑。额瘤显著，触角长2.1毫米，腹管细长，尾片与腹管等长。有翅胎生雌蚜体长1.8～2.1毫米，头胸部黑色，腹部赤褐色，尾片圆锥形，约为腹管长的1/2。

②生活史及习性：主要产卵在枝梢、芽腋等处越冬，或以无翅胎生雌蚜在嫩芽、叶背处越冬。3月越冬卵开始孵化，4月下旬产生有翅蚜，迁飞到新植株或其他寄主上为害，继续胎生繁殖。至10月下旬产生雌雄性蚜，产卵越冬。桃蚜的发生与温度有很大关

系。桃蚜发育起点温度为4.3℃，在9.9℃下发育历期24.5天，25℃为8天；发育最适温为24℃，高于28℃则对发育不利，种群数量会迅速下降。华北地区年发生10代，在南方可多达30～40代，温室内可经年胎生繁殖，不越冬，世代重迭极为严重。一般冬季温暖、雨季适中有利于发生；春季干旱时，发生为害特别严重；夏季高温高湿不利其繁殖。桃蚜对黄色、橙色有强烈的趋性，而对银灰色有负趋性。因此黄色菊花品种应加强防治。

③防治方法：参见菊小长管蚜。

（3）棉蚜

棉蚜为世界性分布的害虫，寄主广泛。

①形态特征：干母体长1.6毫米，茶褐色，无翅。无翅胎生雌蚜体长1.5～1.9毫米，夏季黄绿色或黄色，春秋季蓝黑色或棕色。有翅胎生雌蚜体长1.2～1.9毫米，体黄色或深绿色，前胸背板黑色。无翅有性雌蚜体长1～1.5毫米，体灰褐、墨绿，或赤褐色。有翅雄蚜体长1.0～1.9毫米，体色变异很大。

②生活史及习性：棉蚜也有两种繁殖方式，有性繁殖于晚秋经过雌雄交尾产卵繁殖，一年中只发生在越冬寄主上；孤雌繁殖则以卵胎生繁殖，直接产生若蚜，是棉蚜的主要繁殖方式。棉蚜繁殖发育适宜温度为16～22℃，6～7月为繁殖最快阶段。其生活史如图32。

2. 红蜘蛛

红蜘蛛又称朱砂叶螨、棉红蜘蛛。全国广泛分布，食性杂，棚室内受害较重。

①为害状况：成、幼、若螨在菊株叶背吸食汁液，并结成丝网。初期叶面出现零星褪绿斑点，严重时呈现灰白色斑，或使叶片卷曲，枯黄脱落，影响生长势，开花不良。

②形态特征：成螨体长0.26～0.51毫米，体色为红色或锈红

色；幼螨初孵化时体透明，取食后变暗绿色，若螨比成虫小，体侧出现明显的块状色斑（图 33）。

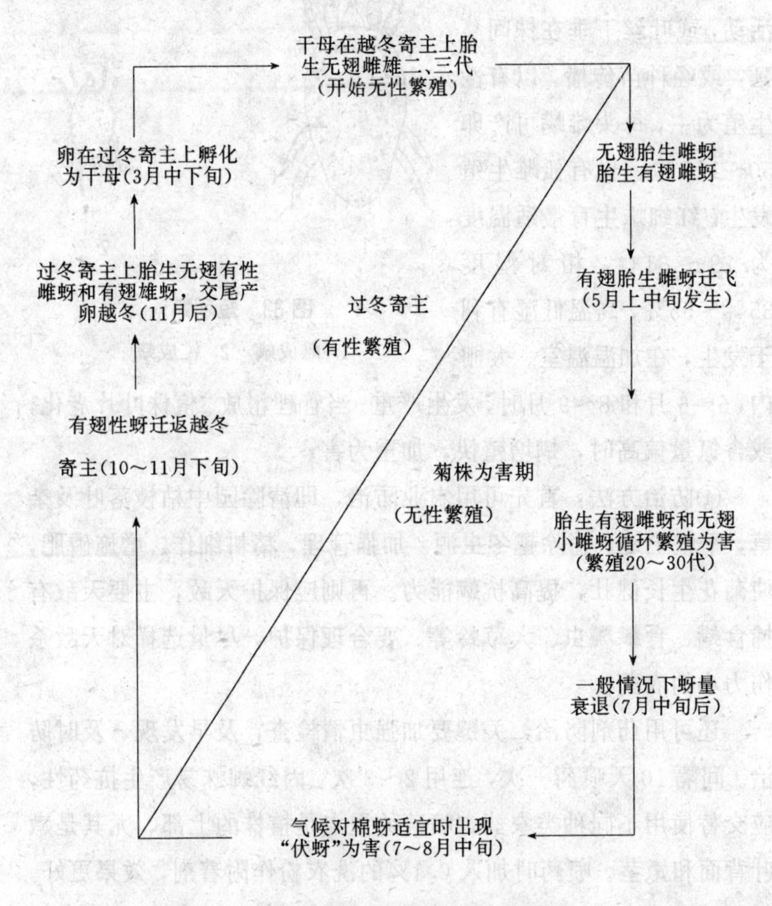

图 32　棉蚜年生活史示意图

③生活史及习性：北方以雄成螨在枯枝落叶、根部或土缝间越冬；长江流域主要以雌成螨和卵越冬；在加温温室和华南，冬季气温较高，螨全年为害，每年可发生 10～20 代。当气温 10℃以上时红蜘蛛开始繁殖，初发生时有点片阶段，再向四周扩散，先

在植株下部叶片为害，逐渐向上转移。成、若螨靠爬行活动，或吐丝下垂在株间蔓延，或经种苗传播。以有性生殖为主，每头雌螨可产卵50～110粒，也有孤雌生殖发生。红蜘蛛生育最适温度为29～31℃，相对湿度35%～55%，高温低湿有利于发生，在加温温室、大棚内，5～6月和8～9月时，发生严重。当管理粗放、植株叶片老化，或含氮量偏高时，螨增殖快，加重为害。

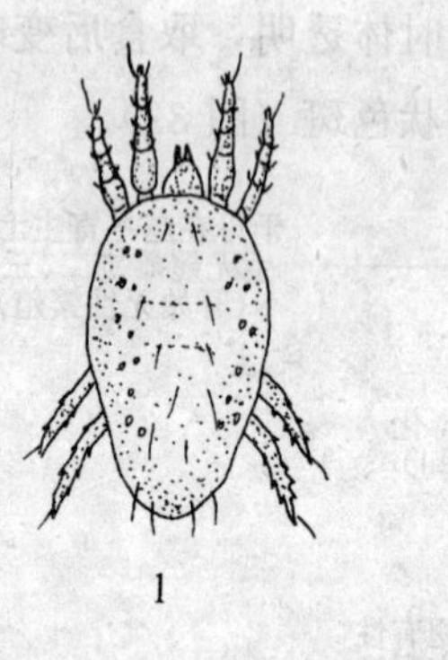

图33 短须螨

1. 雌成螨 2. 雄成螨

④防治方法：首先可用农业防治，即清除园中枯枝落叶及杂草，平整土地，消除越冬虫源。加强管理，精耕细作，增施磷肥，使菊花生长健壮，提高抗螨能力。再则应保护天敌，主要天敌有捕食螨、食螨瓢虫、大草蛉等。要合理保护，尽量选择对天敌杀伤力小的农药。

还可用药剂防治，关键要加强虫情检查，及早发现，及时防治。间隔10天喷药一次，连用2～3次。因红蜘蛛易产生抗药性，应交替使用不同种类农药。喷药的重点是植株的上部，尤其是嫩叶背面和嫩茎。喷药时加入0.1%的洗衣粉作附着剂，效果更好。也可用40%三氯杀螨醇1000～1500倍液、或15%达螨酮3000倍液、或20%三唑锡2000～2500倍液、或50%马拉硫磷乳油，均可取得较好防效。在温室内，可用溴甲烷或敌敌畏薰蒸，杀死幼螨和成螨。

3. 菊潜叶蝇

①为害症状：菊潜叶蝇主要以幼虫在菊花叶内取食叶肉，在

叶面上形成弯曲的潜道，一张叶片多时有数十头幼虫危害，潜道纵横交错，严重时叶肉全被吃光，引起叶片枯萎。成虫从刺破口吸食汁液，在叶上形成白点。成虫以产卵器刺破叶组织产卵。菊潜叶蝇在南方一年可发生10多代，4～5月发生严重，夏季发生较少，秋季又常发生（图34）。

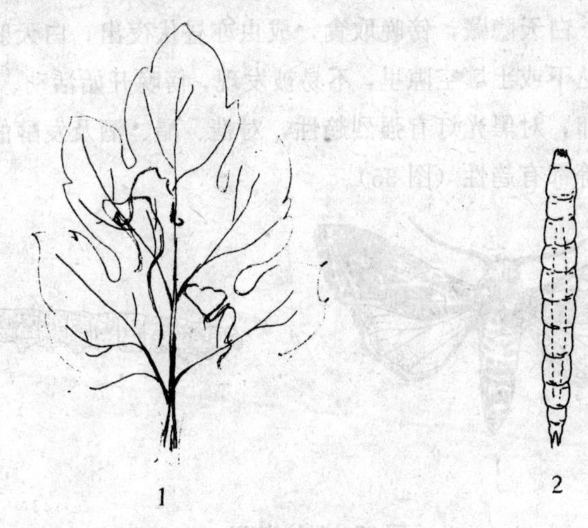

图34 菊潜叶蝇

1. 被害叶片 2. 幼虫

②防治方法：菊花花期过后剪除植株地上部分，集中烧毁或深埋。生长期在叶片上开始出现细小虫道时，及时摘除病叶，并喷洒农药，以后隔7～10天再喷一次。药剂选用乐果、有机磷类均有良好效果。

4. 斜纹夜蛾

①为害症状与习性：斜纹夜蛾是多食性害虫，在长江以南一年可发生五代以上。7～10月份幼虫发生量最大，尤其是天旱时，虫情容易发生。10月发生的幼虫，4龄后正是菊花开放期，为害

最严重。斜纹夜蛾多产卵在叶背叶脉分叉处，每雌虫产卵 3～5 块，每块有卵 20～200 粒左右，上覆淡黄色绒毛。初孵幼虫群集在卵块附近取食叶肉，只留上表皮和叶脉，被害叶像纱窗一样，2 龄后开始分散，4 龄后进入暴食期，将叶片吃成缺刻，严重时吃光叶片，再吃花蕾花瓣，并钻进花朵，食花蕊，造成花蕾败育。4 龄幼虫出现背光性，白天隐藏，傍晚取食，成虫亦昼伏夜出，白天躲在植物基叶叶丛下或土壤空隙里，不易被发现，傍晚开始活动、取食、交配、产卵，对黑光灯有强烈趋性，对糖、醋、酒及发酵的胡萝卜、豆饼等都有趋性（图 35）。

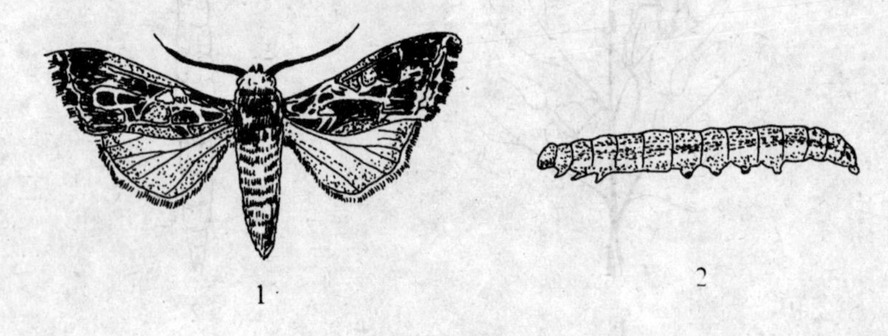

图 35　斜纹夜蛾

1. 成虫　2. 幼虫

②防治方法：可诱杀成虫，即利用成虫的趋光性在田间设置黑光灯，或利用成虫对糖、醋、酒的趋性，在田间进行诱杀。糖、醋、酒和水的比例为 3∶4∶1∶2。掌握卵期及初孵幼虫集中取食的习性，结合菊花田间管理，摘除卵块及初孵幼虫食害的叶片，可消灭大量卵及幼虫。要保护天敌，瓢虫的成虫、幼虫可取食斜纹夜蛾的卵块。绒茧蜂可寄生斜纹夜蛾幼虫，寄生蝇可寄生斜纹夜蛾的蛹。此外还有广大腿蜂、步行虫等天敌。还可采用生物防治，即采用生物性农药杀螟杆菌粉（100 亿孢子/克）800～1000 倍液喷洒。

可采用药剂防治，要抓住早期防治，1～2龄幼虫集中在叶背，抗性弱，是防治适期。可选用阻害脱皮性的农药杀虫剂5%抑太宝乳油1000～1500倍液和具内吸、触杀、胃毒作用的40%乙酰甲胺磷乳油500～1000倍液混合喷洒。

5. 菊小筒天牛

①为害症状：菊小筒天牛是菊花重要害虫之一，全国均有发生。一年发生1代，以成虫或幼虫在植物根部越冬。4月中旬后飞出活动，交尾后在菊花茎梢部咬成半圆形切口，产卵其中，不久伤口变黑，上部茎梢萎蔫，茎秆易从伤口处折断。幼虫孵化后，即蛀入茎内，并沿茎部向下蛀食，8月下旬在菊花根部化蛹，9月底羽化成虫潜伏于根内越冬。被害植株不开花或枯死（图36）。

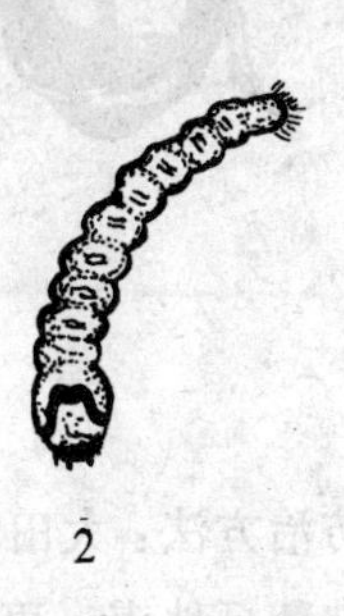

图36 菊小筒天牛

1. 成虫 2. 幼虫

②防治方法：应经常检查花圃，发现有枯萎的茎梢时，将断茎以下3～6厘米处摘除，集中销毁，消灭卵或幼虫。5～6月成虫盛发期，利用该虫隐蔽交尾和假死习性，震动植株，捕杀成虫。喷施40%氧化乐果1000倍液、或80%敌敌畏1500倍液，效果较好。

6. 蛴螬

①为害症状与习性：蛴螬是各类金龟子幼虫的统称，俗称白

土蚕、白地蚕。一年1代或两年1代，以幼虫和成虫在地下几十厘米处的土层越冬。幼虫体乳白色、多皱褶，被短毛，静止时弯曲成C形（图37）。初孵幼虫先取食土中腐殖质，以后啃食菊株根部，致使全株死亡，当年立秋时进入3龄盛期，食量最大，秋末冬初下移越冬，在翌年4月上、中旬又形成春季为害高峰，夏季高温则下移筑土室化蛹，羽化的成虫大多在原地越冬。成虫有假死性、趋光性和喜湿性，对未腐熟的厩肥有较强趋性。

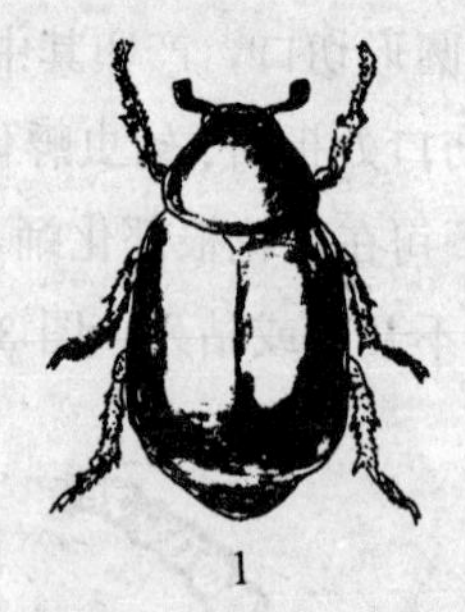

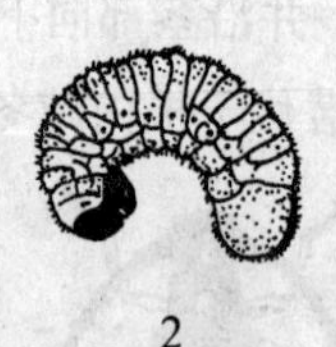

1　　　　　　2

图37　红脚绿丽金龟

1. 成虫　2. 幼虫

②防治方法：大田种植时应于冬前深翻土地，这样，部分成、幼虫可被翻至地表，再行捕杀；施用充分腐熟的有机肥，防止招引成虫；发现植株被害时可挖出根际附近的幼虫，或用黑光灯诱杀成虫。种植前进行土壤处理，每公顷用10%二嗪农颗粒剂30～45千克（每亩2～3千克）、或用5%辛硫磷颗粒剂15～22.5千克（每亩1～1.5千克），与225～450千克（每亩15～30千克）细土混匀后撒在盆土上或移栽穴内，种植后覆土。蛴螬发生严重时可用50%辛硫磷乳油1000倍液或80%敌百虫可湿性粉剂800倍液灌根，每株灌150～250毫升。

图书在版编目(CIP)数据

菊花/张源能编著.—福州:福建科学技术出版社,2000.4(2001.1重印)
(名花巧种丛书)
ISBN 7-5335-1644-3

Ⅰ.菊… Ⅱ.张… Ⅲ.菊花-观赏园艺 Ⅳ.S682.1

中国版本图书馆CIP数据核字(2000)第12427号

书　　名	**菊花** 名花巧种丛书
编　　著	张源能
责任编辑	张晨曦
出版发行	福建科学技术出版社(福州市东水路76号,邮编350001)
经　　销	各地新华书店
排　　版	福建省科发电脑排版服务公司
印　　刷	福州市屏山印刷厂
开　　本	850毫米×1168毫米　1/32
印　　张	4
插　　页	10
字　　数	93千字
版　　次	2000年4月第1版
印　　次	2001年1月第2次印刷
印　　数	5 001—10 000
书　　号	ISBN　7-5335-1644-3/S·204
定　　价	10.00元